# A Christmas Carol
# Cuento de Navidad

## English-Spanish Parallel Text Edition

### Complete and Unabridged

# A Christmas Carol
# Cuento de Navidad

# Charles Dickens

## English-Spanish Parallel Text Edition

Complete and Unabridged
Edited by L. Bannon
Series Editor, D. Bannon

**A Christmas Carol—Cuento de Navidad: English-Spanish Parallel Text Classic Edition**

Introduction and editorial material © 2011 by D. Bannon

All rights reserved. No part of this book may be reproduced in any form or by any electronic or mechanical means including information storage and retrieval systems without permission in writing from The Bilingual Library, except by a reviewer, who may quote brief passages in a review.

Cover painting: *Westminster Abbey* by Antal Berkes (1938)

*A Christmas Carol* was first published in 1843.

The Bilingual Library parallel text edition of *A Christmas Carol—Cuento de Navidad* uses an anonymous translation that is in the public domain.

First Bilingual Library Parallel Text Edition, 2011

ISBN: 978-1-105-11619-3

Every effort has been made to trace and acknowledge sources. If any credit or right has been omitted the publisher offers apologies and will rectify this in subsequent editions following notification.

## *Introduction*

*A Christmas Carol* was first published on December 17, 1843. The Bilingual Library parallel text edition of *A Christmas Carol—Cuento de Navidad* uses an anonymous translation that is in the public domain.

Fiction is translated by paragraph. Line-by-line translations are often cumbersome and sometimes nonsensical. When a character is discussing a point within a paragraph, the translator may choose to shorten the phrasing by referring to the main point with a pronoun after it has been introduced or by allowing the context to imply meaning. Ultimately the translator must balance the tone and style of the prose with the intent of the dramatic moment. This ensures contextual accuracy and a uniform tone. To help readers enjoy the novel in both languages, The Bilingual Library rarely breaks paragraphs between pages. Discrepancies in paragraph placement have been adjusted to the original text.

Translation is adaptation. In serving the reader and the original text, translators struggle with what is lost between context and literal meaning. Yet in the process something new is gained—a translated novel. The Bilingual Library is designed to help readers discover the rich prose of both worlds.

D. Bannon
The Bilingual Library

*Charles Dickens* (1812-1870)

## Stave 1

### MARLEY'S GHOST

## Capítulo 1

### EL ESPECTRO DE MARLEY

Marley was dead: to begin with. There is no doubt whatever about that. The register of his burial was signed by the clergyman, the clerk, the undertaker, and the chief mourner. Scrooge signed it: and Scrooge's name was good upon 'Change, for anything he chose to put his hand to. Old Marley was as dead as a door-nail.

Mind! I don't mean to say that I know, of my own knowledge, what there is particularly dead about a door-nail. I might have been inclined, myself, to regard a coffin-nail as the deadest piece of ironmongery in the trade. But the wisdom of our ancestors is in the simile; and my unhallowed hands shall not disturb it, or the Country's done for. You will therefore permit me to repeat, emphatically, that Marley was as dead as a door-nail.

Scrooge knew he was dead? Of course he did. How could it be otherwise? Scrooge and he were partners for I don't know how many years. Scrooge was his sole executor, his sole administrator, his sole assign, his sole residuary legatee, his sole friend, and sole mourner. And even Scrooge was not so dreadfully cut up by the sad event, but that he was an excellent man of business on the very day of the funeral, and solemnised it with an undoubted bargain.

The mention of Marley's funeral brings me back to the point I started from. There is no doubt that Marley was dead. This must be distinctly understood, or nothing wonderful can come of the story I am going to relate. If we were not perfectly convinced that Hamlet's Father died before the play began, there would be nothing more remarkable in his taking a stroll at night, in an easterly wind, upon his own ramparts, than there would be in any other middle-aged gentleman rashly turning out after dark in a breezy spot—say Saint Paul's Churchyard for instance—literally to astonish his son's weak mind.

Scrooge never painted out Old Marley's name. There it stood, years afterwards, above the warehouse door: Scrooge and Marley. The firm was known as Scrooge and Marley. Sometimes people new to the business called Scrooge Scrooge, and sometimes Marley, but he answered to both names. It was all the same to him.

Empecemos por decir que Marley había muerto. De ello no cabía la menor duda. Firmaron la partida de su enterramiento el clérigo, el sacristán, el comisario de entierros y el presidente del duelo. También la firmó Scrooge. Y el nombre de Scrooge era prestigioso en la Bolsa, cualquiera que fuese el papel en que pusiera su firma.

El viejo Marley estaba tan muerto como el clavo de una puerta.

¡Bueno! Esto no quiere decir que yo sepa por experiencia propia lo que hay particularmente muerto en el clavo de una puerta; pero puedo inclinarme a considerar un clavo de féretro como la pieza de ferretería más muerta que hay en el comercio. Mas la sabiduría de nuestros antepasados resplandece en los símiles, y mis manos profanas no deben perturbarla, o desaparecería el país. Me permitiré pues, repetir enfáticamente que Marley estaba tan muerto como el clavo de una puerta.

¿Sabía Scrooge que aquél había muerto? Indudablemente. ¿Cómo podía ser de otro modo? Scrooge y él fueron consocios durante no sé cuántos años. Scrooge fue su único albacea, su único administrador, su único cesionario, su único legatario universal, su único amigo y el único que vistió luto por él. Pero Scrooge no estaba tan terriblemente afligido por el triste suceso que dejara de ser un perfecto negociante, y el mismo día del entierro lo solemnizó con un buen negocio.

La mención del entierro de Marley me hace retroceder al punto de partida. Es indudable que Marley había muerto. Esto debe ser perfectamente comprendido, si no, nada admirable se puede ver en la historia que voy a referir. Si no estuviéramos plenamente convencidos de que el padre de Hamlet murió antes de empezar la representación teatral, no habría, en su paseo durante la noche, en medio del vendaval, por las murallas de su ciudad, nada más notable que lo que habría en ver a otro cualquier caballero de mediana edad temerariamente lanzado, después de obscurecer, en un recinto expuesto a los vientos -el cementerio de San Pablo, por ejemplo-, sencillamente para deslumbrar el débil espíritu de su hijo.

Scrooge no borró el nombre del viejo Marley. Permaneció durante muchos años esta inscripción sobre la puerta del almacén: "Scrooge y Marley". La casa de comercio se conocía bajo la razón social "Scrooge y Marley". Algunas veces los clientes modernos llamaban a Scrooge Scrooge y otras veces Marley: pero él atendía por ambos nombres. Todo era lo mismo para él.

Oh! But he was a tight-fisted hand at the grindstone, Scrooge! a squeezing, wrenching, grasping, scraping, clutching, covetous, old sinner! Hard and sharp as flint, from which no steel had ever struck out generous fire; secret, and self-contained, and solitary as an oyster. The cold within him froze his old features, nipped his pointed nose, shrivelled his cheek, stiffened his gait; made his eyes red, his thin lips blue; and spoke out shrewdly in his grating voice. A frosty rime was on his head, and on his eyebrows, and his wiry chin. He carried his own low temperature always about with him; he iced his office in the dog-days; and didn't thaw it one degree at Christmas.

External heat and cold had little influence on Scrooge. No warmth could warm, no wintry weather chill him. No wind that blew was bitterer than he, no falling snow was more intent upon its purpose, no pelting rain less open to entreaty. Foul weather didn't know where to have him. The heaviest rain, and snow, and hail, and sleet, could boast of the advantage over him in only one respect. They often "came down" handsomely, and Scrooge never did.

Nobody ever stopped him in the street to say, with gladsome looks, "My dear Scrooge, how are you? When will you come to see me?" No beggars implored him to bestow a trifle, no children asked him what it was o'clock, no man or woman ever once in all his life inquired the way to such and such a place, of Scrooge. Even the blind men's dogs appeared to know him; and when they saw him coming on, would tug their owners into doorways and up courts; and then would wag their tails as though they said, "No eye at all is better than an evil eye, dark master!"

But what did Scrooge care! It was the very thing he liked. To edge his way along the crowded paths of life, warning all human sympathy to keep its distance, was what the knowing ones call "nuts" to Scrooge.

¡Oh! Pero Scrooge era atrozmente tacaño, avaro, cruel, desalmado, miserable, codicioso, incorregible, duro y esquinado como el pedernal, pero del cual ningún eslabón había arrancado nunca una chispa generosa; secreto y retraído y solitario como una ostra. El frío de su interior le helaba las viejas facciones, le amorataba la nariz afilada, le arrugaba las mejillas, le entorpecía la marcha, le enrojecía los ojos, le ponía azules los delgados labios; hablaba astutamente y con voz áspera. Fría escarcha cubría su cabeza y sus cejas y su barba de alambre. Siempre llevaba consigo su temperatura bajo cero; helaba su despacho en los días caniculares y no lo templaba ni un grado en Navidad.

El calor y el frío exteriores ejercían poca influencia sobre Scrooge. Ningún calor podía templarle, ninguna temperatura invernal podía enfriarle. Ningún viento era más áspero que él, ninguna nieve más insistente en sus propósitos, ninguna lluvia más impía. El temporal no sabía cómo atacarle. La más mortificante lluvia, y la nieve, y el granizo, y el agua de nieve, podían jactarse de aventajarle en un sola cosa: en que con frecuencia "bajaban" gallardamente, y Scrooge, nunca.

Jamás le detuvo nadie en la calle para decirle alegremente: "Querido Scrooge, ¿cómo estáis? ¿Cuándo iréis a verme?" Ningún mendigo le pedía limosna, ningún niño le preguntaba qué hora era, ningún hombre ni mujer le preguntaron en toda su vida por dónde se iba a tal o cual sitio. Aun los perros de los ciegos parecían conocerle, y cuando le veían acercarse arrastraban a sus amos hacia los portales o hacia las callejuelas, y entonces meneaban la cola como diciendo: "Es mejor ser ciego que tener mal ojo".

¡Pero qué le importaba a Scrooge! Era lo que deseaba: seguir su camino a lo largo de los concurridos senderos de la vida, avisando a toda humana simpatía para conservar la distancia.

Once upon a time—of all the good days in the year, on Christmas Eve—old Scrooge sat busy in his counting-house. It was cold, bleak, biting weather: foggy withal: and he could hear the people in the court outside, go wheezing up and down, beating their hands upon their breasts, and stamping their feet upon the pavement stones to warm them. The city clocks had only just gone three, but it was quite dark already—it had not been light all day—and candles were flaring in the windows of the neighbouring offices, like ruddy smears upon the palpable brown air. The fog came pouring in at every chink and keyhole, and was so dense without, that although the court was of the narrowest, the houses opposite were mere phantoms. To see the dingy cloud come drooping down, obscuring everything, one might have thought that Nature lived hard by, and was brewing on a large scale.

The door of Scrooge's counting-house was open that he might keep his eye upon his clerk, who in a dismal little cell beyond, a sort of tank, was copying letters. Scrooge had a very small fire, but the clerk's fire was so very much smaller that it looked like one coal. But he couldn't replenish it, for Scrooge kept the coal-box in his own room; and so surely as the clerk came in with the shovel, the master predicted that it would be necessary for them to part. Wherefore the clerk put on his white comforter, and tried to warm himself at the candle; in which effort, not being a man of a strong imagination, he failed.

"A merry Christmas, uncle! God save you!" cried a cheerful voice. It was the voice of Scrooge's nephew, who came upon him so quickly that this was the first intimation he had of his approach.

"Bah!" said Scrooge, "Humbug!"

He had so heated himself with rapid walking in the fog and frost, this nephew of Scrooge's, that he was all in a glow; his face was ruddy and handsome; his eyes sparkled, and his breath smoked again.

"Christmas a humbug, uncle!" said Scrooge's nephew. "You don't mean that, I am sure?"

"I do," said Scrooge. "Merry Christmas! What right have you to be merry? What reason have you to be merry? You're poor enough."

"Come, then," returned the nephew gaily. "What right have you to be dismal? What reason have you to be morose? You're rich enough."

Scrooge having no better answer ready on the spur of the moment, said, "Bah!" again; and followed it up with "Humbug."

"Don't be cross, uncle!" said the nephew.

Una vez, en uno de los mejores días del año, la víspera de Navidad, el viejo Scrooge se hallaba trabajando en su despacho. Hacía un tiempo frío, crudísimo y nebuloso, y podía oír a la gente que pasaba jadeando arriba y abajo, golpeándose el pecho con las manos y pateando sobre las piedras del pavimento para entrar en calor. Los relojes públicos acababan de dar las tres: pero la obscuridad era casi completa -había sido obscuro todo el día-, y por las ventanas de las casas vecinas se veían brillar las luces como manchas rubias en el aire moreno de la tarde. La bruma se filtraba a través de todas las hendeduras y de los ojos de las cerraduras, y era tan densa por fuera que, aunque la calleja era de las más estrechas, las casas de enfrente se veían como meros fantasmas. Al ver la sórdida nube extenderse, oscureciéndolo todo, uno podría haber pensado que la Naturaleza se estuviera echando encima y estuviera tramando algo a gran escala.

Scrooge tenía abierta la puerta del despacho para poder vigilar a su dependiente, que en una celda lóbrega y apartada, una especie de cisterna, estaba copiando cartas. Scrooge tenía poquísima lumbre, pero la del dependiente era mucho más escasa: parecía una sola ascua; mas no podía aumentarla, porque Scrooge guardaba la caja del carbón en su cuarto, y si el dependiente hubiera aparecido trayendo carbón en la pala, sin duda que su amo habría considerado necesario despedirle. Así, el dependiente se embozó en la blanca bufanda y trató de calentarse en la llama de la bujía: pero, como no era hombre de gran imaginación: fracasó en el intento.

-¡Felices Pascuas, tío! ¡Dios os guarde! -gritó una voz alegre.

Era la voz del sobrino de Scrooge, que cayó sobre él con tal precipitación. que fue el primer aviso que tuvo de su aproximación.

-¡Bah! --dijo Scrooge-. ¡Paparruchas!

Este sobrino de Scrooge se hallaba tan arrebatado a causa de la carrera a través de la bruma y de la helada, que estaba todo encendido: tenía la cara como una cereza, sus ojos chispeaban y humeaba su aliento.

-Pero. tío: ¿una paparrucha la Navidad? -dijo el sobrino de Scrooge-. Seguramente no habéis querido decir eso.

-Sí -contestó Scrooge-~. ¡Felices Pascuas! ¿Qué derecho tienes tú para estar alegre? ¿Qué razón tienes tú para estar alegre? Eres bastante pobre.

-¡Vamos! -replicó el sobrino alegremente-. ¿Y qué derecho tenéis vos para estar triste? ¿Qué razón tenéis para estar cabizbajo? Sois bastante rico.

No disponiendo Scrooge de mejor respuesta en aquel momento, dijo de nuevo: "¡Bah!" Y a continuación: "¡Paparruchas!"

-No estéis enfadado, tío -dijo el sobrino.

"What else can I be," returned the uncle, "when I live in such a world of fools as this? Merry Christmas! Out upon merry Christmas! What's Christmas time to you but a time for paying bills without money; a time for finding yourself a year older, but not an hour richer; a time for balancing your books and having every item in 'em through a round dozen of months presented dead against you? If I could work my will," said Scrooge indignantly, "every idiot who goes about with 'Merry Christmas' on his lips, should be boiled with his own pudding, and buried with a stake of holly through his heart. He should!"

"Uncle!" pleaded the nephew.

"Nephew!" returned the uncle sternly, "keep Christmas in your own way, and let me keep it in mine."

"Keep it!" repeated Scrooge's nephew. "But you don't keep it."

"Let me leave it alone, then," said Scrooge. "Much good may it do you! Much good it has ever done you!"

"There are many things from which I might have derived good, by which I have not profited, I dare say," returned the nephew. "Christmas among the rest. But I am sure I have always thought of Christmas time, when it has come round—apart from the veneration due to its sacred name and origin, if anything belonging to it can be apart from that—as a good time; a kind, forgiving, charitable, pleasant time; the only time I know of, in the long calendar of the year, when men and women seem by one consent to open their shut-up hearts freely, and to think of people below them as if they really were fellow-passengers to the grave, and not another race of creatures bound on other journeys. And therefore, uncle, though it has never put a scrap of gold or silver in my pocket, I believe that it has done me good, and will do me good; and I say, God bless it!"

The clerk in the Tank involuntarily applauded. Becoming immediately sensible of the impropriety, he poked the fire, and extinguished the last frail spark for ever.

"Let me hear another sound from you," said Scrooge, "and you'll keep your Christmas by losing your situation! You're quite a powerful speaker, sir," he added, turning to his nephew. "I wonder you don't go into Parliament."

"Don't be angry, uncle. Come! Dine with us to-morrow."

Scrooge said that he would see him—yes, indeed he did. He went the whole length of the expression, and said that he would see him in that extremity first.

"But why?" cried Scrooge's nephew. "Why?"

"Why did you get married?" said Scrooge.

"Because I fell in love."

"Because you fell in love!" growled Scrooge, as if that were the only one thing in the world more ridiculous than a merry Christmas. "Good afternoon!"

—¿Cómo no voy a estarlo -replicó el tío- viviendo en un mundo de locos como éste? ¡Felices Pascuas! ¿Buenas Pascuas te dé Dios! ¿Qué es la Pascua de Navidad sino la época en que hay que pagar cuentas no teniendo dinero; en que te ves un año más viejo y ni una hora más rico: la época en que, hecho el balance de los libros, ves que los artículos mencionados en ellos no te han dejado la menor ganancia después de una docena de meses desaparecidos? Si estuviera en mi mano -dijo Scrooge con indignación-, a todos los idiotas que van con el ¡Felices Pascuas! en los labios los cocería en su propia substancia y los enterraría con una vara de acebo atravesándoles el corazón. !Eso es!

—¡Tío! --suplicó el sobrino.

—¡Sobrino! -repuso el tío secamente-. Celebra la Navidad a tu modo y déjame a mí celebrarla al mío.

—¡Celebrar la Navidad! -repitió el sobrino de Scrooge-. Pero vos no la celebráis.

—Déjame que no la celebre -dijo Scrooge- ¡Mucho bien puede hacerte a ti! ¡Mucho bien te ha hecho siempre!

—Hay muchas cosas que podían haberme hecho muy bien y que no he aprovechado, me atrevo a decir -replicó el sobrino-. entre ellas la Navidad. Mas estoy seguro de que siempre, al llegar esta época, he pensado en la Navidad, aparte la veneración debida a su nombre sagrado y a su origen, como en una agradable época de cariño, de perdón y de caridad; el único día, en el largo almanaque del año, en que hombres y mujeres parecen estar de acuerdo para abrir sus corazones libremente y para considerar a sus inferiores como verdaderos compañeros de viaje en el camino de la tumba y no otra raza de criaturas con destino diferente.

Así, pues, tío, aunque tal fiesta nunca ha puesto una moneda de oro o de plata en mi bolsillo, creo que me ha hecho bien y que me hará bien, y digo: ¡Bendita sea!

El dependiente, en su mazmorra, aplaudió involuntariamente: pero, notando en el acto que había cometido una inconveniencia, quiso remover el fuego y apagó el último débil residuo para siempre.

—Que oiga yo otra de esas manifestaciones -dijo Scrooge- y os haré celebrar la Navidad echándoos a la calle. Eres de verdad un elocuente orador -añadió, volviéndose hacia su sobrino-. Me admira que no estés en el Parlamento.

—No os enfadéis, tío. ¡Vamos, venid a comer con nosotros mañana!

Scrooge dijo que le agradaría verle... Sí, lo dijo. Pero completó la idea, y dijo que antes le agradaría verle... en el infierno.

—Pero, ¿por qué? -gritó el sobrino--. ¿Por qué?

—¿Por qué te casaste? -dijo Scrooge.

—Porque me enamoré.

—¡Porque te enamoraste! -gruñó Scrooge, como si aquello fuese la sola cosa del mundo más ridícula que una alegre Navidad-. ¡Buenas tardes!

"Nay, uncle, but you never came to see me before that happened. Why give it as a reason for not coming now?"

"Good afternoon," said Scrooge.

"I want nothing from you; I ask nothing of you; why cannot we be friends?"

"Good afternoon," said Scrooge.

"I am sorry, with all my heart, to find you so resolute. We have never had any quarrel, to which I have been a party. But I have made the trial in homage to Christmas, and I'll keep my Christmas humour to the last. So A Merry Christmas, uncle!"

"Good afternoon!" said Scrooge.

"And A Happy New Year!"

"Good afternoon!" said Scrooge.

His nephew left the room without an angry word, notwithstanding. He stopped at the outer door to bestow the greetings of the season on the clerk, who, cold as he was, was warmer than Scrooge; for he returned them cordially.

"There's another fellow," muttered Scrooge; who overheard him: "my clerk, with fifteen shillings a week, and a wife and family, talking about a merry Christmas. I'll retire to Bedlam."

This lunatic, in letting Scrooge's nephew out, had let two other people in. They were portly gentlemen, pleasant to behold, and now stood, with their hats off, in Scrooge's office. They had books and papers in their hands, and bowed to him.

"Scrooge and Marley's, I believe," said one of the gentlemen, referring to his list. "Have I the pleasure of addressing Mr. Scrooge, or Mr. Marley?"

"Mr. Marley has been dead these seven years," Scrooge replied. "He died seven years ago, this very night."

"We have no doubt his liberality is well represented by his surviving partner," said the gentleman, presenting his credentials.

It certainly was; for they had been two kindred spirits. At the ominous word "liberality," Scrooge frowned, and shook his head, and handed the credentials back.

"At this festive season of the year, Mr. Scrooge," said the gentleman, taking up a pen, "it is more than usually desirable that we should make some slight provision for the Poor and destitute, who suffer greatly at the present time. Many thousands are in want of common necessaries; hundreds of thousands are in want of common comforts, sir."

"Are there no prisons?" asked Scrooge.

"Plenty of prisons," said the gentleman, laying down the pen again.

-Pero, tío, si nunca fuisteis a verme antes, ¿por qué hacer de esto una razón para no ir ahora?

-Buenas tardes -dijo Scrooge.

-No necesito nada vuestro: no os pido nada; ¿por qué no podemos ser amigos?

-Buenas tardes --dijo Scrooge.

-Lamento de todo corazón encontraros tan resuelto. Nunca ha habido el más pequeño disgusto entre nosotros. Pero he insistido en la celebración de la Navidad y llevaré mi buen humor de Navidad hasta lo último. Así, ¡Felices Pascuas. tío!

-Buenas tardes --dijo Scrooge.

-¡Y feliz Año Nuevo!

-Buenas tardes -dijo Scrooge.

Su sobrino salió de la habitación, no obstante, sin pronunciar una palabra de disgusto. Detúvose en la puerta exterior para desearle felices Pascuas al dependiente, que, aunque tenía frío, era más ardiente que Scrooge, pues le correspondió cordialmente.

-Este es otro que tal -murmuró Scrooge, que le oyó-; un dependiente con quince chelines a la semana, con mujer y con hijos hablando de la alegre Navidad. Es para llevarle a una casa de locos.

Aquel maniático. al despedir al sobrino de Scrooge, introdujo a otros dos visitantes. Eran dos caballeros corpulentos, simpáticos. y estaban en pie, descubiertos, en el despacho de Scrooge.

Tenían en la mano libros y papeles y se inclinaron ante él.

-Scrooge y Marley. supongo -dijo uno de los caballeros, consultando una lista-: ¿Tengo el honor de hablar al señor Scrooge o al señor Marley?

-El señor Marley murió hace siete años -respondió Scrooge-. Esta misma noche hace siete años que murió.

-No dudamos que su liberalidad estará representada en su socio superviviente --dijo el caballero, presentando sus cartas credenciales.

Era verdad. pues ambos habían sido tal para cual. Al oír la horrible palabra "liberalidad", Scrooge frunció el ceño, meneó la cabeza y devolvió al visitante las cartas credenciales.

-En esta alegre época del año, señor Scrooge dijo el caballero. tomando una pluma-, es más necesario que nunca que hagamos algo en favor de tos pobres y de los desamparados, que en estos días sufren de modo atroz. Muchos miles de ellos carecen de lo indispensable; cientos de miles necesitan alivio, señor.

-¿No hay cárceles? -preguntó Scrooge. -Muchísimas cárceles -dijo el caballero, dejando la pluma.

-¿Y casa de corrección? -interrogó Scrooge. ¿Funcionan todavía?

-Funcionan, sí, todavía -contestó el caballero--. Quisiera poder decir que no funcionan.

"And the Union workhouses?" demanded Scrooge. "Are they still in operation?"

"They are. Still," returned the gentleman, "I wish I could say they were not."

"The Treadmill and the Poor Law are in full vigour, then?" said Scrooge.

"Both very busy, sir."

"Oh! I was afraid, from what you said at first, that something had occurred to stop them in their useful course," said Scrooge. "I'm very glad to hear it." "Under the impression that they scarcely furnish Christian cheer of mind or body to the multitude," returned the gentleman, "a few of us are endeavouring to raise a fund to buy the Poor some meat and drink, and means of warmth. We choose this time, because it is a time, of all others, when Want is keenly felt, and Abundance rejoices. What shall I put you down for?"

"Nothing!" Scrooge replied.

"You wish to be anonymous?"

"I wish to be left alone," said Scrooge. "Since you ask me what I wish, gentlemen, that is my answer. I don't make merry myself at Christmas and I can't afford to make idle people merry. I help to support the establishments I have mentioned—they cost enough; and those who are badly off must go there."

"Many can't go there; and many would rather die."

"If they would rather die," said Scrooge, "they had better do it, and decrease the surplus population. Besides—excuse me—I don't know that."

"But you might know it," observed the gentleman.

"It's not my business," Scrooge returned. "It's enough for a man to understand his own business, and not to interfere with other people's. Mine occupies me constantly. Good afternoon, gentlemen!"

Seeing clearly that it would be useless to pursue their point, the gentlemen withdrew. Scrooge resumed his labours with an improved opinion of himself, and in a more facetious temper than was usual with him.

-¿El Treadmill y la Ley de Pobreza están, pues. en todo su vigor?-- dijo Scrooge.

--Ambos funcionan continuamente, señor. -¡Oh', tenía miedo. por lo que decíais al principio. de que hubiera ocurrido algo que interrumpiese sus útiles servicios -dijo Scrooge-. Me alegra mucho saberlo.

-Persuadido de que tales instituciones apenas pueden proporcionar cristiana alegría a la mente o bienestar al cuerpo de la multitud ---continuó el caballero-, algunos de nosotros nos hemos propuesto reunir fondos para comprar a los pobres algunos alimentos y bebidas y un poco de calefacción. Hemos escogido esta época porque es, sobre todas. aquella en que la Necesidad se siente con más intensidad y la Abundancia se regocija. ¿Con cuánto queréis contribuir?

-¡Con nada! -replicó Scrooge.

-¿Queréis guardar el anónimo?

-Quiero que me dejéis en paz --dijo Scrooge-. Puesto que me preguntáis lo que quiero, señores. ésa es mi respuesta. Yo no celebro la Navidad. y no puedo contribuir a que se diviertan los vagos; ayudo a sostener los establecimientos de que os he hablado... y que cuestan bastante; y quienes estén mal en ellos, que se vayan a otra parte.

-Muchos no pueden, y otros muchos preferirán morir.

-Si prefieren morir -dijo Scrooge-, es lo mejor que pueden hacer y así disminuirá el exceso de población. Además, y ustedes perdonen, no entiendo de eso.

-Pues.. debierais entender -hizo observar el caballero.

-No es de mi incumbencia -replicó Scrooge-. Un hombre tiene bastante con preocuparse de sus asuntos y no debe mezclarse en los ajenos. Los míos me absorben por completo. ¡Buenas tardes, señores!

Comprendiendo claramente que sería inútil insistir, los dos caballeros se marcharon. Scrooge reanudó su tarea con mayor estimación de sí mismo y más animado de lo que tenía por costumbre.

Meanwhile the fog and darkness thickened so, that people ran about with flaring links, proffering their services to go before horses in carriages, and conduct them on their way. The ancient tower of a church, whose gruff old bell was always peeping slily down at Scrooge out of a Gothic window in the wall, became invisible, and struck the hours and quarters in the clouds, with tremulous vibrations afterwards as if its teeth were chattering in its frozen head up there. The cold became intense. In the main street, at the corner of the court, some labourers were repairing the gas-pipes, and had lighted a great fire in a brazier, round which a party of ragged men and boys were gathered: warming their hands and winking their eyes before the blaze in rapture. The water-plug being left in solitude, its overflowings sullenly congealed, and turned to misanthropic ice. The brightness of the shops where holly sprigs and berries crackled in the lamp heat of the windows, made pale faces ruddy as they passed. Poulterers' and grocers' trades became a splendid joke: a glorious pageant, with which it was next to impossible to believe that such dull principles as bargain and sale had anything to do. The Lord Mayor, in the stronghold of the mighty Mansion House, gave orders to his fifty cooks and butlers to keep Christmas as a Lord Mayor's household should; and even the little tailor, whom he had fined five shillings on the previous Monday for being drunk and bloodthirsty in the streets, stirred up to-morrow's pudding in his garret, while his lean wife and the baby sallied out to buy the beef.

Foggier yet, and colder. Piercing, searching, biting cold. If the good Saint Dunstan had but nipped the Evil Spirit's nose with a touch of such weather as that, instead of using his familiar weapons, then indeed he would have roared to lusty purpose. The owner of one scant young nose, gnawed and mumbled by the hungry cold as bones are gnawed by dogs, stooped down at Scrooge's keyhole to regale him with a Christmas carol: but at the first sound of

"God bless you, merry gentleman!

May nothing you dismay!"

Scrooge seized the ruler with such energy of action, that the singer fled in terror, leaving the keyhole to the fog and even more congenial frost.

At length the hour of shutting up the counting-house arrived. With an ill-will Scrooge dismounted from his stool, and tacitly admitted the fact to the expectant clerk in the Tank, who instantly snuffed his candle out, and put on his hat.

"You'll want all day to-morrow, I suppose?" said Scrooge.

"If quite convenient, sir."

"It's not convenient," said Scrooge, "and it's not fair. If I was to stop half-a-crown for it, you'd think yourself ill-used, I'll be bound?"

The clerk smiled faintly.

Entretanto, la bruma y la obscuridad hiciéronse tan densas, que las gentes marchaban alumbrándose con antorchas, ofreciéndose a marchar delante de los caballos de los coches para mostrarles el camino. La antigua torre de una iglesia, cuya vieja y estridente campana parecía estar siempre atisbando a Scrooge por una ventana gótica del muro, se hizo invisible, y daba las horas envuelta en las nubes. resonando después con trémulas vibraciones, como si le castañeteasen los dientes a aquella elevadísima cabeza. El frío se hizo intenso. En la calle Mayor. en la esquina de la calleja, algunos obreros hallábanse reparando los mecheros de gas y habían encendido una gran hoguera, a la cual rodeaba un grupo de mendigos y chicuelos, calentándose las manos y guiñando los ojos con delicia ante las llamas. Taponados los sumideros, el agua sobrante se congelaba con rapidez y se convertía en hielo. El resplandor de las tiendas, donde las ramas de acebo cargadas de frutas brillaban con la luz de las ventanas, ponía tonos dorados en las caras de los transeúntes. Las pollerías y los comercios de comestibles estaban deslumbrantes: era un glorioso espectáculo, ante et cual era casi increíble que los prosaicos principios de ajuste y venta tuvieran algo que hacer. El alcalde de la ciudad, en la fortaleza de la poderosa Mansion-House, daba órdenes a sus cincuenta cocineros y reposteros para celebrar la Navidad de una manera digna de la casa de un alcalde, y hasta el sastrecillo, que había sido multado con cinco chelines el lunes anterior por estar borracho y sentirse escandaloso en las calles, . preparaba en su guardilla la confección del pudding del día siguiente, mientras su flaca esposa iba con el nene a comprar la carne indispensable.

Más niebla aún y más frío. Frío agudo, penetrante, mordiente. Sí el buen San Dunstan hubiera sólo rasguñado la nariz del espíritu maligno con un tiempo como aquél, en vez de usar sus armas habituales, en verdad que el diablo habría rugido.

El propietario de una naricilla juvenil, roída y mordisqueada por el hambriento frío, como los huesos roídos por los perros, se detuvo ante la puerta de Scrooge para obsequiarle por el ojo de la cerradura con una canción de Navidad; pero no había hecho más que empezar:

"Bendigaos Dios, alegre caballero; que nada pueda nunca disgustaros..."

cuando Scrooge cogió la regla con tal decisión, que el cantor corrió lleno de miedo. abandonando el ojo de la cerradura a la bruma y a la penetrante helada.

Por fin llegó la hora de cerrar el despacho. De mala gana se alzó Scrooge de su asiento y tácitamente aprobó la actitud del dependiente en su cuchitril, quien inmediatamente apagó su luz y se puso el sombrero.

-Supongo que necesitaréis todo el día de mañana -dijo Scrooge.

-Si no hay inconveniente, señor.

-Pues sí hay inconveniente -dijo Scrooge- y no es justo. Si por ello os descontara media corona, pensaríais que os perjudicaba. ¿Pero estoy obligado a pagarla?

El dependiente sonrió lánguidamente.

"And yet," said Scrooge, "you don't think me ill-used, when I pay a day's wages for no work."

The clerk observed that it was only once a year.

"A poor excuse for picking a man's pocket every twenty-fifth of December!" said Scrooge, buttoning his great-coat to the chin. "But I suppose you must have the whole day. Be here all the earlier next morning."

The clerk promised that he would; and Scrooge walked out with a growl. The office was closed in a twinkling, and the clerk, with the long ends of his white comforter dangling below his waist (for he boasted no great-coat), went down a slide on Cornhill, at the end of a lane of boys, twenty times, in honour of its being Christmas Eve, and then ran home to Camden Town as hard as he could pelt, to play at blindman's-buff.

Scrooge took his melancholy dinner in his usual melancholy tavern; and having read all the newspapers, and beguiled the rest of the evening with his banker's-book, went home to bed. He lived in chambers which had once belonged to his deceased partner. They were a gloomy suite of rooms, in a lowering pile of building up a yard, where it had so little business to be, that one could scarcely help fancying it must have run there when it was a young house, playing at hide-and-seek with other houses, and forgotten the way out again. It was old enough now, and dreary enough, for nobody lived in it but Scrooge, the other rooms being all let out as offices. The yard was so dark that even Scrooge, who knew its every stone, was fain to grope with his hands. The fog and frost so hung about the black old gateway of the house, that it seemed as if the Genius of the Weather sat in mournful meditation on the threshold.

Now, it is a fact, that there was nothing at all particular about the knocker on the door, except that it wås very large. It is also a fact, that Scrooge had seen it, night and morning, during his whole residence in that place; also that Scrooge had as little of what is called fancy about him as any man in the city of London, even including—which is a bold word—the corporation, aldermen, and livery. Let it also be borne in mind that Scrooge had not bestowed one thought on Marley, since his last mention of his seven years' dead partner that afternoon. And then let any man explain to me, if he can, how it happened that Scrooge, having his key in the lock of the door, saw in the knocker, without its undergoing any intermediate process of change—not a knocker, but Marley's face.

-Sin embargo -dijo Scrooge-. no pensáis que me perjudico pagando el sueldo de un día por no trabajar.

El dependiente hizo notar que eso ocurría una sola vez al año.

-¡Una pobre excusa para morder en el bolsillo de uno todos los días veinticinco de diciembre! -dijo Scrooge. abrochándose el gabán hasta la barba-. Pero supongo que es que necesitáis todo el día. Venid lo más temprano posible pasado mañana.

El dependiente prometió hacerlo. y Scrooge salió gruñendo. Cerróse el despacho en un instante, y el dependiente, con los largos extremos de su. bufanda blanca colgando hasta más abajo de la cintura (pues no presumía de abrigo). bajó veinte veces un resbaladero en Cornhill, al final de una calleja llena de muchachos. para celebrar la Nochebuena. y luego salió corriendo hacia su casa de Camden-Town, para jugar a la gallina ciega.

Scrooge cenó melancólicamente en su melancólica taberna habitual; y después de leer todos los periódicos, se entretuvo et resto de la noche con los libros comerciales. y se fue a acostar. Ocupaba las habitaciones que habían pertenecido anteriormente a su difunto socio. Eran una serie de cuartos lóbregos en un sombrío edificio al final de una calleja, y en el cual había tan poco movimiento, que no se podía menos de imaginar que había llegado allí corriendo, cuando era una casa de pocos años, mientras jugaba al escondite con las otras casas, y había olvidado el camino para salir. Era ésta entonces bastante vieja y bastante lúgubre; sólo Scrooge vivía en ella, pues los otros cuartos estaban alquilados para oficinas. La calleja era tan obscura. que el .mismo Scrooge, que la conocía piedra por piedra, veíase obligado a cruzarla a tientas. La niebla y la helada se agolpaban de tal modo ante la negra entrada de la casa, que parecía como si el Genio del Invierno se hallase en triste meditación sentado en el umbral.

Hay que advertir que no había absolutamente nada de particular en el llamador de la puerta, salvo que era de gran tamaño: hay que hacer notar también que Scrooge lo había visto, de día y de noche, durante toda su residencia en aquel lugar, y también que Scrooge poseía tan poca cantidad de lo que se llama fantasía como otro cualquier hombre de la ciudad de Londres, aun incluyendo -la frase es algo atrevida- las Corporaciones, los miembros del Concejo municipal y los de los Gremios. Téngase también en cuenta que Scrooge no había dedicado un solo pensamiento a Marley desde que aquella tarde hizo mención de los siete años transcurridas desde su muerte. Y ahora, que me explique alguien, si puede, cómo sucedió que Scrooge, al meter la llave en la cerradura, vio en el llamador -sin mediar ninguna mágica influencia-. no un llamador, sino la cara de Marley.

Marley's face. It was not in impenetrable shadow as the other objects in the yard were, but had a dismal light about it, like a bad lobster in a dark cellar. It was not angry or ferocious, but looked at Scrooge as Marley used to look: with ghostly spectacles turned up on its ghostly forehead. The hair was curiously stirred, as if by breath or hot air; and, though the eyes were wide open, they were perfectly motionless. That, and its livid colour, made it horrible; but its horror seemed to be in spite of the face and beyond its control, rather than a part of its own expression.

As Scrooge looked fixedly at this phenomenon, it was a knocker again.

To say that he was not startled, or that his blood was not conscious of a terrible sensation to which it had been a stranger from infancy, would be untrue. But he put his hand upon the key he had relinquished, turned it sturdily, walked in, and lighted his candle.

He did pause, with a moment's irresolution, before he shut the door; and he did look cautiously behind it first, as if he half expected to be terrified with the sight of Marley's pigtail sticking out into the hall. But there was nothing on the back of the door, except the screws and nuts that held the knocker on, so he said "Pooh, pooh!" and closed it with a bang.

The sound resounded through the house like thunder. Every room above, and every cask in the wine-merchant's cellars below, appeared to have a separate peal of echoes of its own. Scrooge was not a man to be frightened by echoes. He fastened the door, and walked across the hall, and up the stairs; slowly too: trimming his candle as he went.

You may talk vaguely about driving a coach-and-six up a good old flight of stairs, or through a bad young Act of Parliament; but I mean to say you might have got a hearse up that staircase, and taken it broadwise, with the splinter-bar towards the wall and the door towards the balustrades: and done it easy.

There was plenty of width for that, and room to spare; which is perhaps the reason why Scrooge thought he saw a locomotive hearse going on before him in the gloom. Half-a-dozen gas-lamps out of the street wouldn't have lighted the entry too well, so you may suppose that it was pretty dark with Scrooge's dip. Up Scrooge went, not caring a button for that. Darkness is cheap, and Scrooge liked it. But before he shut his heavy door, he walked through his rooms to see that all was right. He had just enough recollection of the face to desire to do that.

La cara de Marley. No era una sombra impenetrable, como los demás objetos de la calleja, pues la rodeaba un medroso fulgor. semejante al que presentaría una langosta en mal estado puesta en un sótano obscuro. No aparecía colérico ni feroz, sino que miraba a Scrooge como Marley acostumbraba: con espectrales anteojos levantados hacía la frente espectral. Agitábanse curiosamente sus cabellos, como ante un soplo de aire ardoroso, y sus ojos, aunque hallábanse abiertos por completo, estaban absolutamente inmóviles. Todo eso, y su palidez, le hacían horrible: pero este horror parecía ajeno a la cara, fuera de su dominio, más bien que una parte de su propia expresión.

Cuando Scrooge se puso a considerar atentamente aquel fenómeno, ya el llamador era otra vez un llamador.

Decir que no se sintió inquieto o que su sangre no experimentó una terrible sensación, desconocida desde la infancia, sería mentir. Pero llevó la mano a la llave que había abandonado. la hizo girar resueltamente, penetró y encendió una bujía.

Detúvose con vacilación momentánea, antes de cerrar la puerta, y miró detrás de ella con desconfianza, aguardando casi aterrorizarse a la vista del cabello de Marley pegado en la parte exterior: pero no había nada sobre la puerta, excepto los tornillos y tuercas que sujetaban el llamador, por lo cual exclamó: "¡Bah, bah!". y la cerró de golpe.

Resonó el portazo en toda la casa como un trueno. Encima todas las habitaciones, y debajo todas las cubas en el sótano del vinatero, parecieron poseer estrépito de ecos independientes de la puerta de Scrooge. que no era hombre a quien espantasen los ecos. Sujetó la puerta, cruzó el zaguán y empezó a subir la escalera lentamente, sin embargo, alumbrando un lado y otro conforme subía.

Podéis hablar vagamente de las viejas escaleras de antaño, por las cuales hubiera podido subir fácilmente un coche de seis caballos o el cortejo de una sesión parlamentaria. Pero yo os digo que la escalera de Scrooge era cosa muy diferente: habría de subir por ella un coche fúnebre, y lo haría con toda facilidad.

Había allí suficiente amplitud para ello y aun sobraba espacio; tal es, quizás, la razón por la cual pensó Scrooge ver una comitiva fúnebre en movimiento delante de él en la obscuridad. Media docena de faroles de gas de las calles no habrían iluminado bastante bien el vestíbulo; supondréis, pues, que estaba un tanto obscuro con la manera de alumbrar de Scrooge, que siguió subiendo sin preocuparse por ello. La obscuridad es barata y por eso agradábale a Scrooge. Pero antes de cerrar la pesada puerta, registró las habitaciones para ver si todo estaba en orden; precisamente deseaba hacerlo, porque persistía en él el recuerdo de aquella cara.

Sitting-room, bedroom, lumber-room. All as they should be. Nobody under the table, nobody under the sofa; a small fire in the grate; spoon and basin ready; and the little saucepan of gruel (Scrooge had a cold in his head) upon the hob. Nobody under the bed; nobody in the closet; nobody in his dressing-gown, which was hanging up in a suspicious attitude against the wall. Lumber-room as usual. Old fire-guard, old shoes, two fish-baskets, washing-stand on three legs, and a poker.

Quite satisfied, he closed his door, and locked himself in; double-locked himself in, which was not his custom. Thus secured against surprise, he took off his cravat; put on his dressing-gown and slippers, and his nightcap; and sat down before the fire to take his gruel.

It was a very low fire indeed; nothing on such a bitter night. He was obliged to sit close to it, and brood over it, before he could extract the least sensation of warmth from such a handful of fuel. The fireplace was an old one, built by some Dutch merchant long ago, and paved all round with quaint Dutch tiles, designed to illustrate the Scriptures. There were Cains and Abels, Pharaoh's daughters; Queens of Sheba, Angelic messengers descending through the air on clouds like feather-beds, Abrahams, Belshazzars, Apostles putting off to sea in butter-boats, hundreds of figures to attract his thoughts; and yet that face of Marley, seven years dead, came like the ancient Prophet's rod, and swallowed up the whole. If each smooth tile had been a blank at first, with power to shape some picture on its surface from the disjointed fragments of his thoughts, there would have been a copy of old Marley's head on every one.

"Humbug!" said Scrooge; and walked across the room.

After several turns, he sat down again. As he threw his head back in the chair, his glance happened to rest upon a bell, a disused bell, that hung in the room, and communicated for some purpose now forgotten with a chamber in the highest story of the building. It was with great astonishment, and with a strange, inexplicable dread, that as he looked, he saw this bell begin to swing. It swung so softly in the outset that it scarcely made a sound; but soon it rang out loudly, and so did every bell in the house.

This might have lasted half a minute, or a minute, but it seemed an hour. The bells ceased as they had begun, together. They were succeeded by a clanking noise, deep down below; as if some person were dragging a heavy chain over the casks in the wine-merchant's cellar. Scrooge then remembered to have heard that ghosts in haunted houses were described as dragging chains.

The cellar-door flew open with a booming sound, and then he heard the noise much louder, on the floors below; then coming up the stairs; then coming straight towards his door.

"It's humbug still!" said Scrooge. "I won't believe it."

La salita, el dormitorio, el cuarto de trastos, todo estaba normal. Nadie debajo de la mesa, nadie debajo del sofá; un poco de lumbre en la rejilla; la cuchara y la jofaina, listas; y la cacerolita, con un cocimiento (Scrooge tenía un resfriado de cabeza) junto al hogar. Nadie debajo de la cama; nadie en el gabinete; nadie dentro de la bata, que colgaba de la pared en actitud sospechosa. El cuarto de los trastos, como siempre. El viejo guardafuegos, los zapatos viejos, dos cestas para pescado, el lavabo de tres patas y un atizador.

Enteramente satisfecho, cerró la puerta y echó la llave, dándole dos vueltas, lo cual no era su costumbre. Asegurado así. contra toda sorpresa, se quitó la corbata, púsose la bata, las zapatillas y el gorro de dormir, y se sentó delante del fuego para tomar su cocimiento.

Era en verdad un fuego insignificante: nada para noche tan cruda. Víose obligado a arrimarse a él todo lo posible, cubriéndolo, para poder extraer la más pequeña sensación de calor de tal puñado de combustible. El hogar era viejo, construido por algún comerciante holandés mucho tiempo antes, y pavimentado con extraños ladrillos holandeses, que representaban escenas de las Escrituras. Había Caínes y Abeles, hijas de Faraón. reinas de Sabá, mensajeros angélicos descendiendo a través del aire sobre nubes que parecían de plumón, Abrahanes, Baltasares, apóstoles navegando en mantequilleras, cientos de figuras para atraer la atención; no obstante, aquella cara de Marley, muerto siete años antes; llegaba como la vara del antiguo Profeta y hacía desaparecer todo. Si cada uno de los. pulidos ladrillos hubiera estado en blanco, con virtud para presentar sobre su superficie alguna figura proveniente de los fragmentados pensamientos de Scrooge, habría aparecido una copia de la cabeza del viejo Marley sobre todos ellos.

-¡Paparruchas! -dijo Scrooge, y empezó a pasear por la habitación.

Después de algunos paseos, volvió a sentarse. Al recostarse en la silla, su mirada fue a tropezar con una campanilla, una campanilla que no se utilizaba. colgada en la habitación. y que comunicaba. para algún servicio olvidado, con un cuarto del piso más alto del edificio. Con gran admiración, y con extraño e inexplicable temor, vio que la campanilla empezaba a oscilar. Oscilaba tan suavemente al principio, que apenas producía sonido; pero pronto sonó estrepitosamente y lo mismo hicieron todas las campanillas de la casa.

Ello podría durar medio minuto, un minuto, mas a Scrooge le pareció una hora. Las campanillas dejaron de sonar como habían empezado: todas a la vez. A aquel estrépito siguió un ruido rechinante, que venía de la parte más profunda, como si alguien arrastrase una pesada cadena sobre los toneles del sótano del vinatero. Entonces recordó Scrooge haber oído que los espectros que se aparecían en las casas presentábanse arrastrando cadenas.

La puerta del sótano abrióse con estrépito y luego se oyó el ruido con mucha mayor claridad en el piso de abajo: después el viejo oyó que el ruido subía por la escalera: después, que se dirigía derechamente hacia su puerta.

-¡Paparruchas, nada más! -dijo Scrooge-. No quiero pensar en ello.

His colour changed though, when, without a pause, it came on through the heavy door, and passed into the room before his eyes. Upon its coming in, the dying flame leaped up, as though it cried, "I know him; Marley's Ghost!" and fell again.

The same face: the very same. Marley in his pigtail, usual waistcoat, tights and boots; the tassels on the latter bristling, like his pigtail, and his coat-skirts, and the hair upon his head. The chain he drew was clasped about his middle. It was long, and wound about him like a tail; and it was made (for Scrooge observed it closely) of cash-boxes, keys, padlocks, ledgers, deeds, and heavy purses wrought in steel. His body was transparent; so that Scrooge, observing him, and looking through his waistcoat, could see the two buttons on his coat behind.

Scrooge had often heard it said that Marley had no bowels, but he had never believed it until now.

No, nor did he believe it even now. Though he looked the phantom through and through, and saw it standing before him; though he felt the chilling influence of its death-cold eyes; and marked the very texture of the folded kerchief bound about its head and chin, which wrapper he had not observed before; he was still incredulous, and fought against his senses.

"How now!" said Scrooge, caustic and cold as ever. "What do you want with me?"

"Much!"—Marley's voice, no doubt about it.

"Who are you?"

"Ask me who I was."

"Who were you then?" said Scrooge, raising his voice. "You're particular, for a shade." He was going to say "to a shade," but substituted this, as more appropriate.

"In life I was your partner, Jacob Marley."

"Can you—can you sit down?" asked Scrooge, looking doubtfully at him.

"I can."

"Do it, then."

Scrooge asked the question, because he didn't know whether a ghost so transparent might find himself in a condition to take a chair; and felt that in the event of its being impossible, it might involve the necessity of an embarrassing explanation. But the ghost sat down on the opposite side of the fireplace, as if he were quite used to it.

"You don't believe in me," observed the Ghost.

"I don't," said Scrooge.

"What evidence would you have of my reality beyond that of your senses?"

"I don't know," said Scrooge.

"Why do you doubt your senses?"

Sin embargo, cambió de opinión cuando, sin detenerse, el Espectro pasó a través de la pesada puerta y entró en la habitación ante sus ojos. Cuando entró, la moribunda llama dio un salto, como si gritara: "¡Le conozco!· ¡Es el espectro de Marley!", y volvió a caer.

La misma cara, exactamente la misma. Marley, con sus cabellos erizados, su chaleco habitual, sus estrechos calzones y sus botas, y con su casaca ribeteada. La cadena que arrastraba llevábala alrededor de la cintura; era larga y estaba sujeta a él como una cola, y se componía (pues Scrooge la observó muy de cerca) de cajas de caudales, llaves, candados, libros comerciales, documentos y fuertes bolsillos de acero. Su cuerpo era transparente, de modo que Scrooge. observándole y mirando ,a través de su chaleco, pudo ver los dos botones de la parte posterior de la casaca.

Scrooge había oído decir muchas veces que Marley no tenía entrañas; pero nunca lo había creído hasta entonces.

No, ni aun entonces lo creía. Aunque miraba al Fantasma de parte a parte y le veía en pie delante de él: aunque sentía la escalofriante influencia de sus ojos fríos como la muerte, y comprobaba aún el tejido del pañuelo que le rodeaba la cabeza y la barba, y el cual no había observado antes, sentíase aún incrédulo y luchaba contra sus sentidos.

-¡Cómo! -dijo Scrooge, cáustico y frío como siempre-. ¿Qué queréis de mí?

-¡Mucho! -contestó la voz de Marley, pues tal era, sin duda.

-¿Quién sois?

-Preguntadme quién fui.

-¿Quién fuisteis pues? -dijo Scrooge, alzando la voz.

-En vida fui vuestro socio, Jacob Marley.

-¿Podéis... podéis sentaros? -preguntó Scrooge, mirándole perplejo.

-Puedo.

-Sentaos, pues.

Scrooge hizo esa pregunta porque no sabía sí un espectro tan transparente se hallaría en condiciones de tomar una silla, y pensó que, en el caso de que le fuera imposible, habría necesidad .de una explicación embarazosa. Pero el Espectro tomó asiento enfrente del hogar, como si estuviera habituado a ello.

-¿No creéis en mí? -preguntó el Espectro.

-No -contestó Scrooge.

-¿Qué evidencia deseáis de mi existencia real, además de la de vuestros sentidos?

-No lo sé.

-¿Por qué dudáis de vuestros sentidos? ~ .

"Because," said Scrooge, "a little thing affects them. A slight disorder of the stomach makes them cheats. You may be an undigested bit of beef, a blot of mustard, a crumb of cheese, a fragment of an underdone potato. There's more of gravy than of grave about you, whatever you are!"

Scrooge was not much in the habit of cracking jokes, nor did he feel, in his heart, by any means waggish then. The truth is, that he tried to be smart, as a means of distracting his own attention, and keeping down his terror; for the spectre's voice disturbed the very marrow in his bones.

To sit, staring at those fixed glazed eyes, in silence for a moment, would play, Scrooge felt, the very deuce with him. There was something very awful, too, in the spectre's being provided with an infernal atmosphere of its own. Scrooge could not feel it himself, but this was clearly the case; for though the Ghost sat perfectly motionless, its hair, and skirts, and tassels, were still agitated as by the hot vapour from an oven.

"You see this toothpick?" said Scrooge, returning quickly to the charge, for the reason just assigned; and wishing, though it were only for a second, to divert the vision's stony gaze from himself.

"I do," replied the Ghost.

"You are not looking at it," said Scrooge.

"But I see it," said the Ghost, "notwithstanding."

"Well!" returned Scrooge, "I have but to swallow this, and be for the rest of my days persecuted by a legion of goblins, all of my own creation. Humbug, I tell you! humbug!"

At this the spirit raised a frightful cry, and shook its chain with such a dismal and appalling noise, that Scrooge held on tight to his chair, to save himself from falling in a swoon. But how much greater was his horror, when the phantom taking off the bandage round its head, as if it were too warm to wear indoors, its lower jaw dropped down upon its breast!

Scrooge fell upon his knees, and clasped his hands before his face.

"Mercy!" he said. "Dreadful apparition, why do you trouble me?"

"Man of the worldly mind!" replied the Ghost, "do you believe in me or not?"

"I do," said Scrooge. "I must. But why do spirits walk the earth, and why do they come to me?"

"It is required of every man," the Ghost returned, "that the spirit within him should walk abroad among his fellowmen, and travel far and wide; and if that spirit goes not forth in life, it is condemned to do so after death. It is doomed to wander through the world—oh, woe is me!—and witness what it cannot share, but might have shared on earth, and turned to happiness!"

Again the spectre raised a cry, and shook its chain and wrung its shadowy hands.

"You are fettered," said Scrooge, trembling. "Tell me why?"

--Porque lo más insignificante -dijo Scrooge- les hace impresión. El más ligero trastorno del estómago les hace fingir. Tal vez sois un trozo de carne que no he digerido, un poco de mostaza, una miga de queso, un pedazo de patata poco cocida. Hay más de guiso que de tumba en vos, quienquiera que seáis.

Scrooge no tenía mucha costumbre de hacer chistes, y, según entonces sentíase el corazón, sus bromas tenían que ser chocarreras. Lo cierto es que procuraba mostrar agudeza como medio de distraer su propia atención y ahuyentar su terror, pues la voz del Espectro le trastornaba hasta la médula de los huesos.

Permanecer sentado. con la vista clavada en aquellos ojos vidriosos, en silencio, durante unos instantes, sería estar, según pensaba Scrooge, con el mismo Demonio. Había algo muy espantoso, además, en la atmósfera infernal, propia de él, que rodeaba al Espectro. Scrooge no pudo sentirla por sí mismo, pero no por eso era menos real, pues, aunque el Espectro se hallaba en completa inmovilidad, sus cabellos, los ribetes de su casaca, se agitaban todavía impulsados por el ardiente vapor de un horno.

-¿Veis este mondadientes? -dijo Scrooge, volviendo apresuradamente a la carga, por la razón que acabamos de exponer. y deseando, aunque sólo fuera durante un segundo, apartar de él la pétrea mirada del aparecido.

-Lo veo -replicó el Espectro.

-¡Si no lo miráis! -dijo Scrooge.

-Pero lo veo, sin embargo -replicó el Espectro.

-¡Bien! -repuso Scrooge-. No haría yo más que tragármelo. y durante toda mi vida veríame perseguido por una legión de duendes creados por mi fantasía. ¡Paparruchas. digo yo; Paparruchas!

Entonces el Espíritu lanzó un grito espantoso y sacudió su cadena con un ruido tan terrible, que Scrooge tuvo que apoyarse en la silla para no caer desmayado. Pero mayor fue su espanto cuando el Fantasma, quitándose la venda que le ceñía la frente, como si notara demasiado calor bajo techado. dejó caer su mandíbula inferior sobre el pecho.

Scrooge cayó de rodillas y se llevó las manos a la cara.

-¡Perdón! -exclamó-. Terrible aparición, ¿por qué me atormentáis?

-Hombre apegado al mundo -replicó el Espectro--, ¿creéis en mí, o no?

-Creo -contestó Scrooge-. Tengo que creer. Pero, ¿por qué los espíritus vuelven a la tierra y por qué se dirigen a mí?

-A todos los hombres se les exige -replicó el Espectro- que su espíritu se aparezca entre sus conocidos y que viajen de un lado a otro; y si un espíritu no hace tales excursiones en su vida terrenal, es condenado a hacerlas después de la muerte. Es su destino vagar por el mundo -¿oh, miserable de mí? -y no poder participar de lo que ve, aunque de ello participan los demás y es la felicidad de ellos.

El Espectro lanzó otro grito y sacudió la cadena, retorciéndose las manos espectrales.

-Estáis encadenado -dijo Scrooge temblando-. Decidme por qué.

"I wear the chain I forged in life," replied the Ghost. "I made it link by link, and yard by yard; I girded it on of my own free will, and of my own free will I wore it. Is its pattern strange to you?"

Scrooge trembled more and more.

"Or would you know," pursued the Ghost, "the weight and length of the strong coil you bear yourself? It was full as heavy and as long as this, seven Christmas Eves ago. You have laboured on it, since. It is a ponderous chain!"

Scrooge glanced about him on the floor, in the expectation of finding himself surrounded by some fifty or sixty fathoms of iron cable: but he could see nothing.

"Jacob," he said, imploringly. "Old Jacob Marley, tell me more. Speak comfort to me, Jacob!"

"I have none to give," the Ghost replied. "It comes from other regions, Ebenezer Scrooge, and is conveyed by other ministers, to other kinds of men. Nor can I tell you what I would. A very little more is all permitted to me. I cannot rest, I cannot stay, I cannot linger anywhere. My spirit never walked beyond our counting-house—mark me!—in life my spirit never roved beyond the narrow limits of our money-changing hole; and weary journeys lie before me!"

It was a habit with Scrooge, whenever he became thoughtful, to put his hands in his breeches pockets. Pondering on what the Ghost had said, he did so now, but without lifting up his eyes, or getting off his knees.

"You must have been very slow about it, Jacob," Scrooge observed, in a business-like manner, though with humility and deference.

"Slow!" the Ghost repeated.

"Seven years dead," mused Scrooge. "And travelling all the time!"

"The whole time," said the Ghost. "No rest, no peace. Incessant torture of remorse."

"You travel fast?" said Scrooge.

"On the wings of the wind," replied the Ghost.

"You might have got over a great quantity of ground in seven years," said Scrooge.

The Ghost, on hearing this, set up another cry, and clanked its chain so hideously in the dead silence of the night, that the Ward would have been justified in indicting it for a nuisance.

"Oh! captive, bound, and double-ironed," cried the phantom, "not to know, that ages of incessant labour by immortal creatures, for this earth must pass into eternity before the good of which it is susceptible is all developed. Not to know that any Christian spirit working kindly in its little sphere, whatever it may be, will find its mortal life too short for its vast means of usefulness. Not to know that no space of regret can make amends for one life's opportunity misused! Yet such was I! Oh! such was I!"

-Llevo la cadena que forjé en vida ---replicó el Espectro-. La hice eslabón a eslabón, metro a metro; la ciño a mi cuerpo por mi libre voluntad y por mi libre voluntad la usaré. ¿Os parece rara?

Scrooge temblaba cada vez más.

-¿O queréis saber -prosiguió el Espectro- el peso y la longitud de la cadena que soportáis? Era tan larga y tan pesada como ésta hace siete Nochebuenas. Desde entonces la habéis aumentado. y es una cadena tremenda.

Scrooge miró al suelo alrededor del Espectro. creyendo encontrarle rodeado por unas cincuenta o sesenta brazas de férreo cable; pero nada pudo ver.

-¿Jacob -le dijo suplicante-. viejo Jacob Marley. habladme más! ¡Habladme para mi consuelo, Jacob!

No tengo ninguno que dar ...-replicó el Espectro-. Eso viene de otras regiones, Scrooge, y por medio de otros ministros. a otra clase de hombres que vos. No puedo deciros todo lo que deseo. Un poquito más de tiempo se me permite solamente. No puedo reposar, no puedo detenerme, no puedo permanecer en .ninguna parte. Mi espíritu nunca fue más allá de nuestro despacho..., ¡ay de mí!... En mí vida terrenal nunca mi espíritu vagó más allá de los estrechos límites de nuestra ventanilla para el cambio; ¡y qué fatigosas jornadas me quedan aún!

Scrooge tenía por costumbre: cuando se ponía pensativo, meterse las manos en los bolsillos del pantalón. Considerando lo que el Espectro había dicho, lo hizo así, pero sin levantar los ojos y sin alzarse del suelo.

-Debéis haber sido muy calmoso en ese asunto. Jacob -hizo observar Scrooge. en actitud comercial. aunque con humildad y deferencia.

-¡Calmoso! -repitió el Espectro.

-Siete años muerto -murmuró Scrooge-.¿Y viajando todo ese tiempo?

-Todo -dijo el Espectro-, sin reposo. sin paz. ¡Incesante tortura del remordimiento!

-¿Viajáis velozmente? -En las alas del viento.

-Ya habréis recorrido un gran número de regiones en siete años ---dijo Scrooge.

Al oír esto. el Espectro lanzó otro grito, haciendo rechinar .la cadena de modo espantoso en el sepulcral silencio de la noche.

-¡Oh, cautivo, atado y doblemente aherrojado! --gritó el Fantasma-. ¡No saber que han de pasar a la eternidad siglos de incesante labor hecha por criaturas inmortales en la tierra, antes de que el bien de que es susceptible esté desarrollado por completo! ¡No saber que todo espíritu cristiano que obra rectamente en su reducida esfera. sea cual fuere, encontrará su vida mortal demasiado corta para compensar las buenas ocasiones perdidas! ¡No saber que ningún arrepentimiento puede evitar lo pasado! ¡Sin embargo. eso hice yo! ¡Oh, eso hice yo!

"But you were always a good man of business, Jacob," faltered Scrooge, who now began to apply this to himself.

"Business!" cried the Ghost, wringing its hands again. "Mankind was my business. The common welfare was my business; charity, mercy, forbearance, and benevolence, were, all, my business. The dealings of my trade were but a drop of water in the comprehensive ocean of my business!"

It held up its chain at arm's length, as if that were the cause of all its unavailing grief, and flung it heavily upon the ground again.

"At this time of the rolling year," the spectre said, "I suffer most. Why did I walk through crowds of fellow-beings with my eyes turned down, and never raise them to that blessed Star which led the Wise Men to a poor abode! Were there no poor homes to which its light would have conducted me!"

Scrooge was very much dismayed to hear the spectre going on at this rate, and began to quake exceedingly.

"Hear me!" cried the Ghost. "My time is nearly gone."

"I will," said Scrooge. "But don't be hard upon me! Don't be flowery, Jacob! Pray!"

"How it is that I appear before you in a shape that you can see, I may not tell. I have sat invisible beside you many and many a day."

It was not an agreeable idea. Scrooge shivered, and wiped the perspiration from his brow.

"That is no light part of my penance," pursued the Ghost. "I am here to-night to warn you, that you have yet a chance and hope of escaping my fate. A chance and hope of my procuring, Ebenezer."

"You were always a good friend to me," said Scrooge. "Thank'ee!"

"You will be haunted," resumed the Ghost, "by Three Spirits."

Scrooge's countenance fell almost as low as the Ghost's had done.

"Is that the chance and hope you mentioned, Jacob?" he demanded, in a faltering voice.

"It is."

"I—I think I'd rather not," said Scrooge.

"Without their visits," said the Ghost, "you cannot hope to shun the path I tread. Expect the first to-morrow, when the bell tolls One."

"Couldn't I take 'em all at once, and have it over, Jacob?" hinted Scrooge.

"Expect the second on the next night at the same hour. The third upon the next night when the last stroke of Twelve has ceased to vibrate. Look to see me no more; and look that, for your own sake, you remember what has passed between us!"

-Pero vos siempre fuisteis un buen hombre de negocios, Jacob -tartamudeó Scrooge, que empezaba a aplicarse esto a sí mismo.

-¡Negocios! -gritó el Espectro. retorciéndose las manos de nuevo-. El género humano era mi negocio. El bienestar general era mi negocio: la caridad, la misericordia, la paciencia y la benevolencia: todo eso era mi negocio. ¡Mis tratos comerciales no eran sino una gota de agua en el océano de mis negocios!

Sostuvo la cadena a lo largo del brazo, como si fuera la causa de toda su infructuosa pesadumbre, y la volvió a arrojar pesadamente al suelo.

-En esta época del año -dijo el Espectro- sufro lo indecible. ¡Por qué atravesé tantas multitudes con los ojos cerrados, sin elevarlos nunca hacia la bendita estrella que guió a los Magos a la morada del pobre? ¿No había pobres a los cuales me guiara su luz?

Scrooge estaba espantado de oír al Espectro hablar tan continuadamente y empezó a temblar más de lo que quisiera.

-Oídme -gritó el Espectro-. Mi tiempo va a acabarse.

-Bueno -dijo Scrooge-. Pero no me mortifiquéis. ¡No hagáis floreos, Jacob, os lo suplico!

-Lo que no me explico es que haya podido aparecer ante vos como una sombra que podéis ver, cuando he permanecido invisible a vuestro lado durante días y días.

No era una idea agradable. Scrooge estremecióse y se enjugó el sudor de la frente.

-Eso no es lo que menos me aflige -continuó el Espectro-. He venido esta noche a advertiros que aun podéis tener esperanza de escapar a mi influencia fatal: una esperanza que yo os proporcionaré.

-Siempre fuisteis un buen amigo mío --dijo Scrooge-. Gracias.

-Se os aparecerán ---continuó el Espectro- tres Espíritus.

El rostro de Scrooge se alargó casi tanto como lo había hecho el del Espectro.

-¿Es ésa la esperanza de que hablabais, Jacob? -preguntó con voz temblorosa.

-Esa.

-Yo...; yo preferiría no verlos -dijo Scrooge. ---Sin su vista -replicó el Espectro- no podéis evitar la senda que yo sigo. Esperad al primero mañana, cuando la campana anuncie la una.

-¿No podría recibir a todos de una vez, para terminar antes? -insinuó Scrooge.

-Esperad al segundo la noche siguiente a la misma hora. Al tercero, a la otra noche, cuando cese de vibrar la última campanada de las doce. Pensad que no me volveréis a ver y cuidad, por vuestro bien, de recordar lo que ha pasado entre nosotros.

When it had said these words, the spectre took its wrapper from the table, and bound it round its head, as before. Scrooge knew this, by the smart sound its teeth made, when the jaws were brought together by the bandage. He ventured to raise his eyes again, and found his supernatural visitor confronting him in an erect attitude, with its chain wound over and about its arm.

The apparition walked backward from him; and at every step it took, the window raised itself a little, so that when the spectre reached it, it was wide open.

It beckoned Scrooge to approach, which he did. When they were within two paces of each other, Marley's Ghost held up its hand, warning him to come no nearer. Scrooge stopped.

Not so much in obedience, as in surprise and fear: for on the raising of the hand, he became sensible of confused noises in the air; incoherent sounds of lamentation and regret; wailings inexpressibly sorrowful and self-accusatory. The spectre, after listening for a moment, joined in the mournful dirge; and floated out upon the bleak, dark night.

Scrooge followed to the window: desperate in his curiosity. He looked out.

The air was filled with phantoms, wandering hither and thither in restless haste, and moaning as they went. Every one of them wore chains like Marley's Ghost; some few (they might be guilty governments) were linked together; none were free. Many had been personally known to Scrooge in their lives. He had been quite familiar with one old ghost, in a white waistcoat, with a monstrous iron safe attached to its ankle, who cried piteously at being unable to assist a wretched woman with an infant, whom it saw below, upon a door-step. The misery with them all was, clearly, that they sought to interfere, for good, in human matters, and had lost the power for ever.

Whether these creatures faded into mist, or mist enshrouded them, he could not tell. But they and their spirit voices faded together; and the night became as it had been when he walked home.

Scrooge closed the window, and examined the door by which the Ghost had entered. It was double-locked, as he had locked it with his own hands, and the bolts were undisturbed. He tried to say "Humbug!" but stopped at the first syllable. And being, from the emotion he had undergone, or the fatigues of the day, or his glimpse of the Invisible World, or the dull conversation of the Ghost, or the lateness of the hour, much in need of repose; went straight to bed, without undressing, and fell asleep upon the instant.

Dichas tales palabras, el Espectro tomó su pañuelo de encima de la mesa y se lo ciñó alrededor de la cabeza, como antes. Scrooge lo conoció en el agudo sonido que hicieron los dientes al juntarse las mandíbulas por medio de aquel vendaje. Se aventuró a levantar los ojos y encontró a su visitante sobrenatural mirándole de frente, en actitud erguida, con su cadena alrededor del brazo.

La aparición fue apartándose de Scrooge hacia atrás, y a cada paso que daba, abríase la ventana un poco, de modo que cuando el Espectro llegó a ella estaba de par en par. Hizo señas a Scrooge para que se acercara, y éste obedeció. Cuando estuvieron a dos pasos uno de otro, el espectro de Marley levantó una mano, advirtiendo a Scrooge que no se acercara más. Scrooge se detuvo.

No tanto por obediencia como por sorpresa y temor, pues, al levantar la mano el Espectro, advirtió ruidos confusos en el aire, incoherentes gemidos de desesperación, lamentos indeciblemente pesarosos y gritos de arrepentimiento. El Espectro, después de escuchar un momento, se unió al canto fúnebre y salió flotando en la helada y obscura noche.

Scrooge se dirigió a la ventana, pues se moría de curiosidad. Miró afuera.

El aire estaba lleno de fantasmas,,que vagaban de aquí para allá en continuo movimiento y gemían sin detenerse. Todos llevaban cadenas como la del espectro de Marley: algunos (tal vez gobernantes culpables) estaban encadenados en grupo; ninguno tenía libertad. A muchos los había conocido Scrooge cuando vivían. Había sido íntimo de un viejo espectro, con chaleco blanco, con una monstruosa caja de hierro sujeta a un tobillo, y que se lamentaba a gritos al verse impotente para socorrer a una infeliz mujer con una criaturita, a la que veía bajo él en el quicio de una puerta. El castigo de todos los fantasmas era, evidentemente, que procuraban con afán aliviar .los dolores humanos y habían perdido para siempre la posibilidad de conseguirlo.

Si tales fantasmas se desvanecieron en la niebla, o la niebla los amortajó, no podría decirlo Scrooge. Pero ellos y sus voces sobrenaturales se perdieron juntos, y la noche volvió a ser como cuando llegó a su casa.

Cerró Scrooge la ventana y examinó la puerta por donde había entrado el Espectro. Estaba cerrada con dos vueltas de llave, como él la cerró con sus propias manos, y los cerrojos sin señal de violencia. Intentó decir "¡Paparruchas!", pero se detuvo a la primera sílaba. Y hallándose muy necesitado de reposo, por la emoción que había sufrido, o por las fatigas del día, o por haber entrevisto el Mundo Invisible, o por la abrumadora conversación del Espectro, o por lo avanzado de la hora, se tendió resueltamente en el lecho. sin desnudarse, y al instante se quedó dormido.

## Stave 2

### THE FIRST OF THE THREE SPIRITS

## Capítulo 2

### EL PRIMERO DE LOS TRES ESPÍRITUS

When Scrooge awoke, it was so dark, that looking out of bed, he could scarcely distinguish the transparent window from the opaque walls of his chamber. He was endeavouring to pierce the darkness with his ferret eyes, when the chimes of a neighbouring church struck the four quarters. So he listened for the hour.

To his great astonishment the heavy bell went on from six to seven, and from seven to eight, and regularly up to twelve; then stopped. Twelve! It was past two when he went to bed. The clock was wrong. An icicle must have got into the works. Twelve!

He touched the spring of his repeater, to correct this most preposterous clock. Its rapid little pulse beat twelve: and stopped.

"Why, it isn't possible," said Scrooge, "that I can have slept through a whole day and far into another night. It isn't possible that anything has happened to the sun, and this is twelve at noon!"

The idea being an alarming one, he scrambled out of bed, and groped his way to the window. He was obliged to rub the frost off with the sleeve of his dressing-gown before he could see anything; and could see very little then. All he could make out was, that it was still very foggy and extremely cold, and that there was no noise of people running to and fro, and making a great stir, as there unquestionably would have been if night had beaten off bright day, and taken possession of the world. This was a great relief, because "three days after sight of this First of Exchange pay to Mr. Ebenezer Scrooge or his order," and so forth, would have become a mere United States' security if there were no days to count by.

Scrooge went to bed again, and thought, and thought, and thought it over and over and over, and could make nothing of it. The more he thought, the more perplexed he was; and the more he endeavoured not to think, the more he thought.

Marley's Ghost bothered him exceedingly. Every time he resolved within himself, after mature inquiry, that it was all a dream, his mind flew back again, like a strong spring released, to its first position, and presented the same problem to be worked all through, "Was it a dream or not?"

Scrooge lay in this state until the chime had gone three quarters more, when he remembered, on a sudden, that the Ghost had warned him of a visitation when the bell tolled one. He resolved to lie awake until the hour was passed; and, considering that he could no more go to sleep than go to Heaven, this was perhaps the wisest resolution in his power.

The quarter was so long, that he was more than once convinced he must have sunk into a doze unconsciously, and missed the clock. At length it broke upon his listening ear.

"Ding, dong!"

"A quarter past," said Scrooge, counting.

"Ding, dong!"

Cuando Scrooge despertó, había tanta obscuridad que, al mirar desde la cama. apenas podía distinguir la transparente ventana de las opacas paredes del dormitorio. Hallábase haciendo esfuerzos para atravesar la obscuridad con sus ojos de hurón, cuando el reloj de la iglesia vecina dio cuatro campanadas que significaban otros tantos cuartos. Entonces escuchó para saber la hora.

Con gran admiración suya, la pesada campana pasó de seis campanadas a siete. y de siete a ocho y así sucesivamente. hasta doce; y se detuvo. ¡Las doce! Eran más de las dos cuando se acostó. El reloj andaba mal. Algún pedazo de hielo debía haberse introducido en la máquina. ¡Las doce!

Tocó el resorte de su reloj de repetición para rectificar aquella hora equivocada. Su rápida pulsación sonó doce veces, y se detuvo.

-¡Vaya -dijo Scrooge-, no es posible que yo haya dormido un día entero y aun parte de otra noche! A no ser que haya ocurrido algo al sol y que a las doce de la noche sean las doce del día.

Como la idea era alarmante. se arrojó del lecho y a tientas dirigióse a la ventana. Tuvo necesidad de frotar el vidrio con la manga de la bata para quitar la escarcha y conseguir ver algo, aunque pudo ver muy poco. Todo lo que pudo distinguir fue que aun había espesísima niebla, que hacía un frío exagerado y que no se percibía el ruido de la gente yendo y viniendo en continua agitación, como si la noche, ahuyentando al luciente día, se hubiera posesionado del mundo. Esto fue para él gran alivio, porque si todo era noche, ¿qué valor tenían las palabras: "A tres días vista esta primera de cambio, pagaréis a Mr. Ebenezer Scrooge o a su orden", etc., puesto que no había días que contar?

Scrooge se acostó de nuevo, y pensó, y pensó, y pensó en ello repetidamente, y no pudo sacar nada en limpio. Cuanto más pensaba, sentíase más perplejo: y cuanto más se esforzaba para no pensar, más pensaba.

El Espectro de Marley le molestaba de modo extraordinario. Cuantas veces intentaba convencerse, después de reflexionar, de que todo era un sueño, su imaginación volvía, como un resorte que se deja de oprimir, a su primera posición. y le presentaba el mismo problema que resolver: ¿era un sueño o no?

Permaneció Scrooge en este estado hasta que la campana dio tres cuartos; y entonces recordó, estremeciéndose, que el Espectro le había anunciado una visita para cuando la campana diese la una. Determinó estar despierto hasta que pasara la hora: y considerando que le era más difícil dormir que alcanzar el cielo, quizás era ésta la más prudente determinación que podía tomar.

Los quince minutos eran tan largos, que más de una vez pensó que se había adormecido sin darse cuenta y por ello no había oído el reloj. Por fin resonó en su atento oído.

¡Tin, tan!

-Y cuarto -dijo Scrooge, contando.

¡Tin, tan!

"Half-past!" said Scrooge.

"Ding, dong!"

"A quarter to it," said Scrooge.

"Ding, dong!"

"The hour itself," said Scrooge, triumphantly, "and nothing else!"

He spoke before the hour bell sounded, which it now did with a deep, dull, hollow, melancholy One. Light flashed up in the room upon the instant, and the curtains of his bed were drawn.

The curtains of his bed were drawn aside, I tell you, by a hand. Not the curtains at his feet, nor the curtains at his back, but those to which his face was addressed. The curtains of his bed were drawn aside; and Scrooge, starting up into a half-recumbent attitude, found himself face to face with the unearthly visitor who drew them: as close to it as I am now to you, and I am standing in the spirit at your elbow.

It was a strange figure—like a child: yet not so like a child as like an old man, viewed through some supernatural medium, which gave him the appearance of having receded from the view, and being diminished to a child's proportions. Its hair, which hung about its neck and down its back, was white as if with age; and yet the face had not a wrinkle in it, and the tenderest bloom was on the skin. The arms were very long and muscular; the hands the same, as if its hold were of uncommon strength. Its legs and feet, most delicately formed, were, like those upper members, bare. It wore a tunic of the purest white; and round its waist was bound a lustrous belt, the sheen of which was beautiful. It held a branch of fresh green holly in its hand; and, in singular contradiction of that wintry emblem, had its dress trimmed with summer flowers. But the strangest thing about it was, that from the crown of its head there sprung a bright clear jet of light, by which all this was visible; and which was doubtless the occasion of its using, in its duller moments, a great extinguisher for a cap, which it now held under its arm.

Even this, though, when Scrooge looked at it with increasing steadiness, was not its strangest quality. For as its belt sparkled and glittered now in one part and now in another, and what was light one instant, at another time was dark, so the figure itself fluctuated in its distinctness: being now a thing with one arm, now with one leg, now with twenty legs, now a pair of legs without a head, now a head without a body: of which dissolving parts, no outline would be visible in the dense gloom wherein they melted away. And in the very wonder of this, it would be itself again; distinct and clear as ever.

"Are you the Spirit, sir, whose coming was foretold to me?" asked Scrooge.

"I am!"

The voice was soft and gentle. Singularly low, as if instead of being so close beside him, it were at a distance.

"Who, and what are you?" Scrooge demanded.

"I am the Ghost of Christmas Past."

-Y media -dijo Scrooge.
¡Tin, tan!
-Menos cuarto -dijo Scrooge.
¡Tin, tan! .
-¡La hora señalada -dijo Scrooge, triunfalmente- y sin novedad!

Habló antes de que sonase la campana de las horas, lo cual hizo dando una profunda, pesada, hueca,. melancólica. La luz inundó el dormitorio al instante y se descorrieron las cortinas del lecho.

Fueron descorridas las cortinas del lecho, os digo, por una mano invisible. No las cortinas que tenía a los pies ni las cortinas que tenía a la espalda, sino las que tenía delante de la cara. Las cortinas del lecho se descorrieron, y Scrooge, sobresaltándose, medio se incorporó y hallóse frente a frente del sobrenatural visitante al que daban paso: tan cerca de él como yo lo estoy de vosotros, y yo me encuentro espiritualmente junto a vuestro codo.

Era una figura extraña..., como un niño; aunque, más que un niño, parecía un anciano, visto a través de un medio sobrenatural, que le daba la apariencia de haberse alejado de la vista y disminuido hasta las proporciones de un niño. Su cabello, que le colgaba alrededor del cuello y por la espalda, era blanco como el de los ancianos: pero la cara no tenía ni una arruga, y la piel era delicadísima. Los brazos eran muy largos y musculosos, y lo mismo las manos, como si fueran extraordinariamente fuertes. Las piernas y los pies. que eran perfectos, los llevaba desnudos, como los miembros superiores. Vestía una túnica del blanco más puro y le ceñía la cintura una luciente faja de hermoso brillo. Empuñaba una rama fresca de verde acebo y, contrastando singularmente con este emblema del invierno, llevaba el vestido salpicado de flores estivales. Pero lo más extraño de él era que de lo alto de su cabeza brotaba un surtidor de brillante luz clara, que todo lo hacía visible; y para ciertos momentos en que no fuese oportuno hacer uso de él, llevaba un gran apagador en forma de gorro, que entonces tenía bajo el brazo.

Y aun esto no le pareció a Scrooge, al mirarle con creciente curiosidad, su cualidad más extraña, sino que su cinturón brillaba lanzando destellos tan pronto en una parte como en otra. y lo que un instante era luz, se hacía de pronto obscuridad, y así la figura misma fluctuaba en su claridad, siendo ora una cosa con un brazo, ora con una pierna, ora con veinte piernas, ora dos piernas sin cabeza, ora una cabeza sin cuerpo, y de las partes que se desvanecían, ningún perfil podía distinguirse en medio de la densa obscuridad en que se fundían, y después de tal maravilla, volvía a ser él mismo, con toda la claridad anterior.

-¿Sois, señor, el Espíritu cuya venida me han predicho? -preguntó Scrooge.
-Lo soy.

La voz era suave y dulce, pero extraordinariamente baja, como si en vez de estar tan cerca de él, se hallase a gran distancia.

-¿Quién sois, pues?
-Soy el Espectro de la Navidad Pasada.

"Long Past?" inquired Scrooge: observant of its dwarfish stature.

"No. Your past."

Perhaps, Scrooge could not have told anybody why, if anybody could have asked him; but he had a special desire to see the Spirit in his cap; and begged him to be covered.

"What!" exclaimed the Ghost, "would you so soon put out, with worldly hands, the light I give? Is it not enough that you are one of those whose passions made this cap, and force me through whole trains of years to wear it low upon my brow!"

Scrooge reverently disclaimed all intention to offend or any knowledge of having wilfully "bonneted" the Spirit at any period of his life. He then made bold to inquire what business brought him there.

"Your welfare!" said the Ghost.

Scrooge expressed himself much obliged, but could not help thinking that a night of unbroken rest would have been more conducive to that end. The Spirit must have heard him thinking, for it said immediately:

"Your reclamation, then. Take heed!"

It put out its strong hand as it spoke, and clasped him gently by the arm. "Rise! and walk with me!"

It would have been in vain for Scrooge to plead that the weather and the hour were not adapted to pedestrian purposes; that bed was warm, and the thermometer a long way below freezing; that he was clad but lightly in his slippers, dressing-gown, and nightcap; and that he had a cold upon him at that time. The grasp, though gentle as a woman's hand, was not to be resisted. He rose: but finding that the Spirit made towards the window, clasped his robe in supplication.

"I am a mortal," Scrooge remonstrated, "and liable to fall."

"Bear but a touch of my hand there," said the Spirit, laying it upon his heart, "and you shall be upheld in more than this!"

As the words were spoken, they passed through the wall, and stood upon an open country road, with fields on either hand. The city had entirely vanished. Not a vestige of it was to be seen. The darkness and the mist had vanished with it, for it was a clear, cold, winter day, with snow upon the ground.

"Good Heaven!" said Scrooge, clasping his hands together, as he looked about him. "I was bred in this place. I was a boy here!"

The Spirit gazed upon him mildly. Its gentle touch, though it had been light and instantaneous, appeared still present to the old man's sense of feeling. He was conscious of a thousand odours floating in the air, each one connected with a thousand thoughts, and hopes, and joys, and cares long, long, forgotten!

"Your lip is trembling," said the Ghost. "And what is that upon your cheek?"

-¿Pasada hace mucho? -inquirió Scrooge, al observar su estatura de enano.- No. La que acabáis de pasar.

Quizás Scrooge no habría podido decir por qué, si alguien hubiera podido preguntarle, pero sintió un deseo especial de ver al Espíritu con el gorro, y le suplicó que se cubriese.

-¡Cómo! -exclamó el Espectro-. ¿Tan pronto queréis apagar. con manos humanas, la luz que doy?. ¿No es bastante que seáis uno de aquellos cuyas pasiones hacen este gorro y que me obligan, a través de años y años, sin interrupción, a llevarlo sobre mi frente?

Scrooge negó respetuosamente toda intención de ofender y dijo que no tenía conocimiento de haber, a sabiendas, contribuido a confeccionar el sombrero del Espíritu en ninguna época de su vida. Después se atrevió a preguntar qué asunto le traía.

-Vuestro bienestar -dijo el Espectro.

Scrooge mostróse muy agradecido, pero no pudo menos de pensar que una noche de continuado reposo habría sido más conducente a aquel fin. El Espíritu debió de oír su pensamiento, porque inmediatamente dijo:

-Reclamáis, pues. ¡Preparaos!

Y al hablar extendió su potente mano y le cogió nuevamente por el brazo. .

-Levantaos y venid conmigo.

Habría sido inútil para Scrooge. hacerle ver que el tiempo y la hora no eran a propósito para pasear a pie; que el lecho estaba caliente y el termómetro marcaba muchos grados bajo cero; que estaba muy ligeramente vestido con las zapatillas, la bata y el gorro de dormir, y que padecía un resfriado. El puño, aunque suave como una mano femenina, no se podía resistir. Se levantó, pero advirtiendo que el Espíritu se dirigía hacia la ventana, le asió de la vestidura suplicándole:

-Soy mortal y puedo caerme.

-Os tocaré con mi mano aquí -dijo el Espíritu, poniéndosela sobre el corazón- y podréis sosteneros.

Al pronunciar tales palabras, pasaron a través del: muro y se encontraron en un amplio camino, con campos a un lado y a otro. La ciudad habíase desvanecido por completo. La obscuridad y la bruma se habían desvanecido con ella, pues hacía un claro y frío día de invierno y el suelo se hallaba cubierto de nieve.

-¡Dios mío! -dijo Scrooge, cruzando las manos y mirando a su alrededor-. En este sitio me crié. Aquí transcurrió mi infancia.

El Espíritu le miró con benevolencia. Su dulce tacto, aunque había sido leve e instantáneo, se hacía sentir todavía en la sensibilidad del anciano. Notaba que mil aromas que flotaban en el aire guardaban relación con mil pensamientos, y esperanzas, y alegrías, y cuidados, por espacio de mucho, mucho tiempo olvidados.

-Os tiemblan los labios -dijo el Espectro-. ¿Y qué es eso que tenéis en la mejilla?

Scrooge muttered, with an unusual catching in his voice, that it was a pimple; and begged the Ghost to lead him where he would.

"You recollect the way?" inquired the Spirit.

"Remember it!" cried Scrooge with fervour; "I could walk it blindfold."

"Strange to have forgotten it for so many years!" observed the Ghost. "Let us go on."

They walked along the road, Scrooge recognising every gate, and post, and tree; until a little market-town appeared in the distance, with its bridge, its church, and winding river. Some shaggy ponies now were seen trotting towards them with boys upon their backs, who called to other boys in country gigs and carts, driven by farmers. All these boys were in great spirits, and shouted to each other, until the broad fields were so full of merry music, that the crisp air laughed to hear it!

"These are but shadows of the things that have been," said the Ghost. "They have no consciousness of us."

The jocund travellers came on; and as they came, Scrooge knew and named them every one. Why was he rejoiced beyond all bounds to see them! Why did his cold eye glisten, and his heart leap up as they went past! Why was he filled with gladness when he heard them give each other Merry Christmas, as they parted at cross-roads and bye-ways, for their several homes! What was merry Christmas to Scrooge? Out upon merry Christmas! What good had it ever done to him?

"The school is not quite deserted," said the Ghost. "A solitary child, neglected by his friends, is left there still."

Scrooge said he knew it. And he sobbed.

They left the high-road, by a well-remembered lane, and soon approached a mansion of dull red brick, with a little weathercock-surmounted cupola, on the roof, and a bell hanging in it. It was a large house, but one of broken fortunes; for the spacious offices were little used, their walls were damp and mossy, their windows broken, and their gates decayed. Fowls clucked and strutted in the stables; and the coach-houses and sheds were over-run with grass. Nor was it more retentive of its ancient state, within; for entering the dreary hall, and glancing through the open doors of many rooms, they found them poorly furnished, cold, and vast. There was an earthy savour in the air, a chilly bareness in the place, which associated itself somehow with too much getting up by candle-light, and not too much to eat.

They went, the Ghost and Scrooge, across the hall, to a door at the back of the house. It opened before them, and disclosed a long, bare, melancholy room, made barer still by lines of plain deal forms and desks. At one of these a lonely boy was reading near a feeble fire; and Scrooge sat down upon a form, and wept to see his poor forgotten self as he used to be.

Scrooge balbuceó, con inusitado desfallecimiento en la voz, que era un grano, y dijo al Espectro que lo condujese donde quisiera.

-¿Recordáis el camino? -preguntó el Espíritu. -¿Recordarlo? -gritó Scrooge, con vehemencia-. Lo recorrería con los ojos cerrados.

-Es extraño que no lo hayáis olvidado durante tantos años -hizo observar el Espectro-. Sigamos adelante.

Siguieron a lo largo del camino. Scrooge reconocía las entradas de las casas, los postes, los árboles, hasta el pueblecito, que aparecía a lo lejos, con su puente, su iglesia y su ondulante río. Veíanse algunos afelpados caballitos que trotaban montados por muchachos, quienes llamaban a otros chiquillos que iban en tílburis y en carros del país, guiados por agricultores. Todos aquellos muchachos iban muy alegres y se aclamaban mutuamente, hasta que los campos estuvieron tan llenos de armonioso júbilo, que el aire reía al oírlo.

-No son más que sombras de las cosas pasadas-dijo el Espectro-. No se dan cuenta de nosotros. Los alegres viajeros se acercaban, y conforme fueron llegando, Scrooge los conocía y nombraba a cada uno. ¿Por qué se alegró extraordinariamente al verlos? ¿Por qué sus fríos ojos resplandecieron y su corazón brincó al verlos pasar? ¿Por qué se sintió lleno de alegría cuando los oyó desearse mutuamente felices Pascuas al separarse en los atajos y en los cruces, para marchar a sus respectivas casas? ¿Qué era la Navidad para Scrooge? !Nada de Navidad! ¿Qué bien le había hecho a él?

-La escuela no está completamente desierta -dijo el Espectro-. Queda en ella todavía un niño solitario, abandonado por sus amigos.

Scrooge dijo que le conocía. Y sollozó.

Dejaron el camino real, entrando en una conocida calleja, y pronto llegaron a una casa de toscos ladrillos rojos, con una cupulita coronada por una veleta, y de cuyo tejado colgaba una campana. Era una casa amplia, pero venida a menos, pues las. espaciosas dependencias se usaban poco, sus paredes estaban húmedas y mohosas, sus ventanas rotas y sus puertas podridas. Las gallinas cloqueaban y se pavoneaban en las cuadras y las cocheras, y los cobertizos se hallaban asolados por las hierbas. Ni había en el interior más huellas de su antiguo estado; pues, al entrar en el sombrío zaguán, y al mirar a través de las francas puertas de muchas habitaciones, se las veía pobremente amuebladas, frías y solitarias. Había en el aire un sabor terroso, una heladora desnudez, que hacía pensar que los que habitaban aquel lugar se levantaban antes de romper el día y no tenían qué comer.

Atravesaron el Espectro y Scrooge la sala y dirigiéronse a una puerta de la parte trasera de la casa. Mostrábase abierta ante ellos y descubría una habitación larga; desnuda y melancólica, a cuya desnudez contribuían hileras de bancos y mesas, en una de las cuales se hallaba un niño solitario, leyendo cerca de un poco de lumbre: Scrooge se sentó en un banco y lloró al verse retratado en aquel niño, olvidado, abandonado, como acostumbró a verse en su infancia.

Not a latent echo in the house, not a squeak and scuffle from the mice behind the panelling, not a drip from the half-thawed water-spout in the dull yard behind, not a sigh among the leafless boughs of one despondent poplar, not the idle swinging of an empty store-house door, no, not a clicking in the fire, but fell upon the heart of Scrooge with a softening influence, and gave a freer passage to his tears.

The Spirit touched him on the arm, and pointed to his younger self, intent upon his reading. Suddenly a man, in foreign garments: wonderfully real and distinct to look at: stood outside the window, with an axe stuck in his belt, and leading by the bridle an ass laden with wood.

"Why, it's Ali Baba!" Scrooge exclaimed in ecstasy. "It's dear old honest Ali Baba! Yes, yes, I know! One Christmas time, when yonder solitary child was left here all alone, he did come, for the first time, just like that. Poor boy! And Valentine," said Scrooge, "and his wild brother, Orson; there they go! And what's his name, who was put down in his drawers, asleep, at the Gate of Damascus; don't you see him! And the Sultan's Groom turned upside down by the Genii; there he is upon his head! Serve him right. I'm glad of it. What business had he to be married to the Princess!"

To hear Scrooge expending all the earnestness of his nature on such subjects, in a most extraordinary voice between laughing and crying; and to see his heightened and excited face; would have been a surprise to his business friends in the city, indeed.

"There's the Parrot!" cried Scrooge. "Green body and yellow tail, with a thing like a lettuce growing out of the top of his head; there he is! Poor Robin Crusoe, he called him, when he came home again after sailing round the island. 'Poor Robin Crusoe, where have you been, Robin Crusoe?' The man thought he was dreaming, but he wasn't. It was the Parrot, you know. There goes Friday, running for his life to the little creek! Halloa! Hoop! Halloo!"

Then, with a rapidity of transition very foreign to his usual character, he said, in pity for his former self, "Poor boy!" and cried again.

"I wish," Scrooge muttered, putting his hand in his pocket, and looking about him, after drying his eyes with his cuff: "but it's too late now."

"What is the matter?" asked the Spirit.

"Nothing," said Scrooge. "Nothing. There was a boy singing a Christmas Carol at my door last night. I should like to have given him something: that's all."

The Ghost smiled thoughtfully, and waved its hand: saying as it did so, "Let us see another Christmas!"

Ni un eco latente en la casa, ni un chillido o un rumor de pelea entre los ratones detrás del entrepaño, ni la caída de una gota de agua de la medio deshelada cañería, ni un suspiro entre las ramas sin hojas de un álamo mustio, ni la ociosa oscilación de la puerta de un almacén vacío, ni un chasquido de la lumbre, que al caer sobre el corazón de Scrooge con suavizadora influencia, dieran libre paso a sus lágrimas.

El Espíritu le tocó en un brazo y señaló hacia su imagen infantil atenta a la lectura. De repente apareció en la ventana, por la parte de afuera, un hombre vestido con traje extranjero, al que se distinguía con admirable exactitud; llevaba un hacha en el cinto y conducía del ronzal un asno cargado de leña.

-¡Sí es Alí Babá! ---exclamó Scrooge, extasiado-. ¡Es mi querido Alí Babá! Sí, sí, le conozco. Una vez, por Navidad, cuando todos abandonaron al solitario niño, él vino por primera vez. exactamente como ahora le vemos. ¡Pobre muchacho! Y Valentín -continuó Scrooge-, y su hermano Orson, ¡ahí van! ¿Y cómo se llama aquel a quien dejaron dormido, casi desnudo, a la puerta de Damasco? ¿No le veis? Y el paje del Sultán. a quien el Genio hace dar vueltas en el aire. ¡Ahora está cabeza abajo! ¡Muy bien! ¡Dadle lo que merece! ¡Me alegro! ¿Qué necesidad tenía de casarse con la princesa?

Verdaderamente, habría producido sorpresa a sus amigos de la Cíty oír a Scrooge dedicar toda la solicitud de su naturaleza a aquellos recuerdos, en una voz de lo más extraordinario, entre risas y gritos. y ver su rostro alegre y animado.

- Ahí está el Loro! -gritó-. Verde el cuerpo y la cola amarilla, con una cosa como una lechuga en la parte superior de la cabeza; ahí está. "Pobre Robinsón Crusoe", le decía cuando volvió a su casa, después de navegar alrededor de la isla. "Pobre Robinsón Crusoe, ¿dónde habéis estado, Robinsón Crusoe?". El hombre creía soñar, pero no soñaba. Era el Loro, ya lo sabéis. Por ahí va Viernes, corriendo hacía la ensenada para salvar la vida. ¡Hala, hala!

Después, con una rapidez de transición muy extraña en su carácter habitual, dijo lleno de piedad por la imagen de sí mismo: "¡Pobre muchacho!", y volvió a llorar.

-Quisiera... -murmuró, llevándose la mano al bolsillo y mirando a su alrededor, después de enjugarse los ojos con la manga-; pero es demasiado tarde.

-¿De qué se trata? -preguntó el Espíritu. -De nada -dijo Scrooge-. De nada. Había a mi puerta. la noche última. un muchacho cantando una canción de Navidad. y me agradaría haberle dado alguna cosa: eso es todo.

El Espectro sonrió pensativamente y ,agitó una mano, al mismo tiempo que decía:

-Veamos otra Navidad.

Scrooge's former self grew larger at the words, and the room became a little darker and more dirty. The panels shrunk, the windows cracked; fragments of plaster fell out of the ceiling, and the naked laths were shown instead; but how all this was brought about, Scrooge knew no more than you do. He only knew that it was quite correct; that everything had happened so; that there he was, alone again, when all the other boys had gone home for the jolly holidays.

He was not reading now, but walking up and down despairingly. Scrooge looked at the Ghost, and with a mournful shaking of his head, glanced anxiously towards the door.

It opened; and a little girl, much younger than the boy, came darting in, and putting her arms about his neck, and often kissing him, addressed him as her "Dear, dear brother."

"I have come to bring you home, dear brother!" said the child, clapping her tiny hands, and bending down to laugh. "To bring you home, home, home!"

"Home, little Fan?" returned the boy.

"Yes!" said the child, brimful of glee. "Home, for good and all. Home, for ever and ever. Father is so much kinder than he used to be, that home's like Heaven! He spoke so gently to me one dear night when I was going to bed, that I was not afraid to ask him once more if you might come home; and he said Yes, you should; and sent me in a coach to bring you. And you're to be a man!" said the child, opening her eyes, "and are never to come back here; but first, we're to be together all the Christmas long, and have the merriest time in all the world."

"You are quite a woman, little Fan!" exclaimed the boy.

She clapped her hands and laughed, and tried to touch his head; but being too little, laughed again, and stood on tiptoe to embrace him. Then she began to drag him, in her childish eagerness, towards the door; and he, nothing loth to go, accompanied her.

A terrible voice in the hall cried, "Bring down Master Scrooge's box, there!" and in the hall appeared the schoolmaster himself, who glared on Master Scrooge with a ferocious condescension, and threw him into a dreadful state of mind by shaking hands with him. He then conveyed him and his sister into the veriest old well of a shivering best-parlour that ever was seen, where the maps upon the wall, and the celestial and terrestrial globes in the windows, were waxy with cold. Here he produced a decanter of curiously light wine, and a block of curiously heavy cake, and administered instalments of those dainties to the young people: at the same time, sending out a meagre servant to offer a glass of "something" to the postboy, who answered that he thanked the gentleman, but if it was the same tap as he had tasted before, he had rather not. Master Scrooge's trunk being by this time tied on to the top of the chaise, the children bade the schoolmaster good-bye right willingly; and getting into it, drove gaily down the garden-sweep: the quick wheels dashing the hoar-frost and snow from off the dark leaves of the evergreens like spray.

A estas palabras, la figura infantil de Scrooge creció y la habitación se hizo algo más obscura y más sucia. Se contrajeron los entrepaños, se agrietaron las ventanas, desprendiéronse del techo fragmentos de yeso y en su lugar aparecieron las vigas desnudas; pero Scrooge no supo acerca de cómo ocurrió todo esto más de lo que vosotros sabéis. Solamente supo que todo había ocurrido así, sin violencia, que él se hallaba allí, otra vez solitario, pues todos los demás muchachos habíanse marchado a sus casas para celebrar aquellos alegres días de fiesta.

Ahora no estaba leyendo. sino paseando arriba y abajo desesperadamente. Scrooge miró al Espectro y, moviendo tristemente la cabeza, lanzó una ojeada ansiosa hacia la puerta.

Esta se abrió, y una niña pequeña. mucho más joven que el muchacho, precipitóse dentro y, rodeándole el cuello con los brazos y besándole repetidas veces, se dirigió a él llamándole "hermano querido".

-He venido para llevarte a casa, hermano querido -dijo la niña, palmoteando e inclinándose a fuerza de reír-, ¡Para llevarte a casa, a casa, a casa!

-¿A casa, pequeña? -replicó el muchacho. -¡Sí! -dijo la niña, rebosando alegría-. A casa, para que estés con nosotros siempre, siempre. Papá es mucho más cariñoso que nunca y nuestra casa se parece al cielo. Me habló tan dulcemente una noche cuando iba a acostarme, que no tuve miedo de pedirle una vez más que te permitiera volver a casa: me dijo que sí y me envió en un coche a buscarte. Tú serás un hombre -dijo la niña, abriendo mucho los ojos- y nunca volverás aquí; por lo pronto, vamos a estar juntos todos los días de Navidad y a pasar las horas más alegres del mundo.

-Eres ya una mujer, pequeña Fanny --exclamó el muchacho.

Palmoteó ella y se echó a reír, tratando de acariciarle la cabeza: pero como era muy pequeña y no alcanzaba, echóse a reír de nuevo y le abrazó; poniéndose en las puntas de los pies. Luego empezó a tirar de él, con afán infantil, hacia la puerta; y él, nada disgustado por ello, la acompañaba.

Una voz terrible gritó en el vestíbulo: "¡Bajad el baúl de master Scrooge'" y apareció el maestro de escuela, que miró ferozmente a Scrooge, con mirada de condescendencia, y le atontó al sacudirle por las manos. Luego los llevó a él y a su hermana a una escalofriante habitación que parecía un pozo. donde los mapas colgados de la pared y los globos celestes y terrestres, colocados en las ventanas, parecían cubiertos de cera, a causa del frío. Una vez allí, sacó una garrafa de vino que brillaba extrañamente y un trozo de macizó pastel y repartió estas golosinas entre los pequeños, al mismo tiempo que enviaba a un flaco criado a ofrecer un vaso de "algó'" al postillón, quien le respondió que se lo agradecía al caballero, pero que si era del mismo barril que había bebido antes, prefería no beberlo. Como el baúl de master Scrooge estaba ya colocado en la parte más alta del coche, los niños se despidieron amablemente del maestro y, subiendo al coche, atravesaron alegremente el jardín: las ágiles ruedas despedían la escarcha y la nieve que llenaban las obscuras hojas de las siemprevivas.

"Always a delicate creature, whom a breath might have withered," said the Ghost. "But she had a large heart!"

"So she had," cried Scrooge. "You're right. I will not gainsay it, Spirit. God forbid!"

"She died a woman," said the Ghost, "and had, as I think, children."

"One child," Scrooge returned.

"True," said the Ghost. "Your nephew!"

Scrooge seemed uneasy in his mind; and answered briefly, "Yes."

Although they had but that moment left the school behind them, they were now in the busy thoroughfares of a city, where shadowy passengers passed and repassed; where shadowy carts and coaches battled for the way, and all the strife and tumult of a real city were. It was made plain enough, by the dressing of the shops, that here too it was Christmas time again; but it was evening, and the streets were lighted up.

The Ghost stopped at a certain warehouse door, and asked Scrooge if he knew it.

"Know it!" said Scrooge. "Was I apprenticed here!"

They went in. At sight of an old gentleman in a Welsh wig, sitting behind such a high desk, that if he had been two inches taller he must have knocked his head against the ceiling, Scrooge cried in great excitement:

"Why, it's old Fezziwig! Bless his heart; it's Fezziwig alive again!"

Old Fezziwig laid down his pen, and looked up at the clock, which pointed to the hour of seven. He rubbed his hands; adjusted his capacious waistcoat; laughed all over himself, from his shoes to his organ of benevolence; and called out in a comfortable, oily, rich, fat, jovial voice:

"Yo ho, there! Ebenezer! Dick!"

Scrooge's former self, now grown a young man, came briskly in, accompanied by his fellow-'prentice.

"Dick Wilkins, to be sure!" said Scrooge to the Ghost. "Bless me, yes. There he is. He was very much attached to me, was Dick. Poor Dick! Dear, dear!"

"Yo ho, my boys!" said Fezziwig. "No more work to-night. Christmas Eve, Dick. Christmas, Ebenezer! Let's have the shutters up," cried old Fezziwig, with a sharp clap of his hands, "before a man can say Jack Robinson!"

You wouldn't believe how those two fellows went at it! They charged into the street with the shutters—one, two, three—had 'em up in their places—four, five, six—barred 'em and pinned 'em—seven, eight, nine—and came back before you could have got to twelve, panting like race-horses.

"Hilli-ho!" cried old Fezziwig, skipping down from the high desk, with wonderful agility. "Clear away, my lads, and let's have lots of room here! Hilli-ho, Dick! Chirrup, Ebenezer!"

-Siempre fue una criatura delicada, a quien el simple aliento puede marchitar -dijo el Espectro-; pero tenía un gran corazón.
-Sí que lo tenía -gritó Scrooge-. Tenéis razón. No se puede negar, Espíritu. ¡Dios me libre! -Murió siendo mujer -dijo el Espectro- y creo que tuvo hijos.
-Un niño -replicó Scrooge.
--Cierto -dijo el Espectro-. ¡Vuestro sobrino! Scrooge parecía intranquilo, y contestó brevemente:
-Sí. Aunque en aquel momento acababan de dejar la escuela tras sí. hallábanse entonces en las concurridas calles de una ciudad, donde fantásticos transeúntes iban y venían, donde fantásticos carros y coches pasaban por el camino y donde había todo el movimiento y todo el tumulto de una ciudad verdadera. Se comprendía perfectamente, por el aspecto de las tiendas, que otra vez era la época de Navidad:. pero era de noche y las calles estaban alumbradas.

El Espectro se detuvo a la puerta de Cierto almacén y preguntó a Scrooge si lo conocía. -¡Conocerlo! ---contestó el aludido-. Aquí fui aprendiz.

Entraron. A la vista de un anciano con una peluca de las usadas en el país de Gales. sentado tras un pupitre tan alto que si el caballero hubiera tenido dos pulgadas más de estatura habría tropezado con la cabeza en el techo. Scrooge gritó excitadísimo:

-¡Si es el anciano Fezziwig! ¡Bendito sea Dios! ¡Es Fezziwig, vuelto a la vida!

El anciano Fezziwig dejó la pluma y miró el reloj, que marcaba las siete. Se frotó las manos, se ajustó el amplio chaleco, echóse a reír francamente, recorriéndole la risa todo el cuerpo, y gritó con una voz agradable, suave, y jovial:

-¡Ebenezer! ¡Dick!

La imagen de Scrooge, que ya era un hombre joven; entró alegremente acompañada por la de otro aprendiz.

-¡Dick Wilkins, no hay duda! -dijo Scrooge al Espectro-. Sí, es él. Me tenía verdadero afecto. ¡Pobre Dick! ¡Cuánto le quería yo!

-¡Vamos, muchachos! -dijo Fezziwig-. No se trabaja más esta noche. Es Nochebuena, Dick. Es Nochebuena. Ebenezer. Cerremos la tienda --gritó el anciano, dando una palmada.

No podéis imaginar cómo lo hicieron aquellos dos muchachos. Salieron a la calle cargados con las puertas -una, dos tres-, las colocaron en su sitio cuatro, cinco, seis-, pusieron las barras y las sujetaron -siete, ocho, nueve -y volvieron antes de que pudierais contar hasta doce, jadeantes, como caballos de carreras.

-¡A ver! -gritó el anciano, saltando del elevado pupitre, con admirable agilidad-. ¡A retirar todo, muchachos, para dejar libre la habitación! ¡Vamos, Dick! ¡Vamos, Ebenezer!

Clear away! There was nothing they wouldn't have cleared away, or couldn't have cleared away, with old Fezziwig looking on. It was done in a minute. Every movable was packed off, as if it were dismissed from public life for evermore; the floor was swept and watered, the lamps were trimmed, fuel was heaped upon the fire; and the warehouse was as snug, and warm, and dry, and bright a ball-room, as you would desire to see upon a winter's night.

¡Retirar todo! Nada había que no quisieran retirar, ni nada que no pudiesen, bajo la mirada del anciano. Todo se hizo en un minuto. Todos los muebles desaparecieron como si fuesen retirados de la vida pública para siempre: se barrió y se regó el piso, encendiéronse las lámparas, amontonóse el combustible sobre el fuego, y el almacén se convirtió en un salón de baile cómodo, y caliente, y seco, y brillante, que desearíais ver en una noche de invierno.

In came a fiddler with a music-book, and went up to the lofty desk, and made an orchestra of it, and tuned like fifty stomach-aches. In came Mrs. Fezziwig, one vast substantial smile. In came the three Miss Fezziwigs, beaming and lovable. In came the six young followers whose hearts they broke. In came all the young men and women employed in the business. In came the housemaid, with her cousin, the baker. In came the cook, with her brother's particular friend, the milkman. In came the boy from over the way, who was suspected of not having board enough from his master; trying to hide himself behind the girl from next door but one, who was proved to have had her ears pulled by her mistress. In they all came, one after another; some shyly, some boldly, some gracefully, some awkwardly, some pushing, some pulling; in they all came, anyhow and everyhow. Away they all went, twenty couple at once; hands half round and back again the other way; down the middle and up again; round and round in various stages of affectionate grouping; old top couple always turning up in the wrong place; new top couple starting off again, as soon as they got there; all top couples at last, and not a bottom one to help them! When this result was brought about, old Fezziwig, clapping his hands to stop the dance, cried out, "Well done!" and the fiddler plunged his hot face into a pot of porter, especially provided for that purpose. But scorning rest, upon his reappearance, he instantly began again, though there were no dancers yet, as if the other fiddler had been carried home, exhausted, on a shutter, and he were a bran-new man resolved to beat him out of sight, or perish.

There were more dances, and there were forfeits, and more dances, and there was cake, and there was negus, and there was a great piece of Cold Roast, and there was a great piece of Cold Boiled, and there were mince-pies, and plenty of beer. But the great effect of the evening came after the Roast and Boiled, when the fiddler (an artful dog, mind! The sort of man who knew his business better than you or I could have told it him!) struck up "Sir Roger de Coverley." Then old Fezziwig stood out to dance with Mrs. Fezziwig. Top couple, too; with a good stiff piece of work cut out for them; three or four and twenty pair of partners; people who were not to be trifled with; people who would dance, and had no notion of walking.

But if they had been twice as many—ah, four times—old Fezziwig would have been a match for them, and so would Mrs. Fezziwig. As to her, she was worthy to be his partner in every sense of the term. If that's not high praise, tell me higher, and I'll use it. A positive light appeared to issue from Fezziwig's calves. They shone in every part of the dance like moons. You couldn't have predicted, at any given time, what would have become of them next. And when old Fezziwig and Mrs. Fezziwig had gone all through the dance; advance and retire, both hands to your partner, bow and curtsey, corkscrew, thread-the-needle, and back again to your place; Fezziwig "cut"—cut so deftly, that he appeared to wink with his legs, and came upon his feet again without a stagger.

Entró un violinista con un cuaderno de música y, encaramándose sobre el alto pupitre, hizo de él una orquesta y empezó a rascar el violín. Entró la señora Fezziwig, toda sonrisas. Entraron las tres señoritas Fezziwig, radiantes y adorables: Entraron los seis jóvenes cuyos corazones sufrían por ellas. Entraron todos los muchachos y muchachas empleados en la casa. Entró la doncella, con su primo el panadero. Entró la cocinera, con el lechero, particular amigo de su hermano. Entró el muchacho de al lado, de quien se sospechaba que su amo no le daba de comer lo suficiente, y que trataba de esconderse de las muchachas, menos de una a quien su ama había ya tirado de las orejas. Entraron todos uno tras otro; unos tímidos; otros atrevidos. Unos graciosos, otros incultos; unos activos, otros torpes; entraron todos, de un modo o de otro. y se formaron veinte parejas, cogidas de la mano y formando un corro. La mitad se adelanta y luego retrocede; éstos se balancean cadenciosamente, aquéllos acompañan el movimiento; después todos empiezan a dar vueltas en redondo varias veces, agrupándose, estrechándose, persiguiéndose unos a otros; la pareja de ancianos nunca está en su sitio; y las parejas jóvenes se apartan rápidamente cuando les han puesto en apuros; en fin, se rompe la cadena y los bailarines se encuentran sin pareja. Después de tan hermoso resultado, el viejo Fezziwig, dando una palmada para suspender el baile, gritó: "Muy bien", y el violinista metió el ardiente rostro en una olla de cerveza, especialmente preparada para ello. Pero cuando reapareció, desdeñando el reposo; instantáneamente empezó a tocar de nuevo, aunque aun no había bailarines, como si el otro violinista hubiera sido llevado a su casa, exhausto, sobre una contraventana, y éste fuera otro músico resuelto a vencerle o a morir.

When the clock struck eleven, this domestic ball broke up. Mr. and Mrs. Fezziwig took their stations, one on either side of the door, and shaking hands with every person individually as he or she went out, wished him or her a Merry Christmas. When everybody had retired but the two 'prentices, they did the same to them; and thus the cheerful voices died away, and the lads were left to their beds; which were under a counter in the back-shop.

During the whole of this time, Scrooge had acted like a man out of his wits. His heart and soul were in the scene, and with his former self. He corroborated everything, remembered everything, enjoyed everything, and underwent the strangest agitation. It was not until now, when the bright faces of his former self and Dick were turned from them, that he remembered the Ghost, and became conscious that it was looking full upon him, while the light upon its head burnt very clear.

"A small matter," said the Ghost, "to make these silly folks so full of gratitude."

"Small!" echoed Scrooge.

The Spirit signed to him to listen to the two apprentices, who were pouring out their hearts in praise of Fezziwig: and when he had done so, said,

"Why! Is it not? He has spent but a few pounds of your mortal money: three or four perhaps. Is that so much that he deserves this praise?"

"It isn't that," said Scrooge, heated by the remark, and speaking unconsciously like his former, not his latter, self. "It isn't that, Spirit. He has the power to render us happy or unhappy; to make our service light or burdensome; a pleasure or a toil. Say that his power lies in words and looks; in things so slight and insignificant that it is impossible to add and count 'em up: what then? The happiness he gives, is quite as great as if it cost a fortune."

He felt the Spirit's glance, and stopped.

"What is the matter?" asked the Ghost.

"Nothing particular," said Scrooge.

"Something, I think?" the Ghost insisted.

"No," said Scrooge, "No. I should like to be able to say a word or two to my clerk just now. That's all."

His former self turned down the lamps as he gave utterance to the wish; and Scrooge and the Ghost again stood side by side in the open air.

"My time grows short," observed the Spirit. "Quick!"

This was not addressed to Scrooge, or to any one whom he could see, but it produced an immediate effect. For again Scrooge saw himself. He was older now; a man in the prime of life. His face had not the harsh and rigid lines of later years; but it had begun to wear the signs of care and avarice. There was an eager, greedy, restless motion in the eye, which showed the passion that had taken root, and where the shadow of the growing tree would fall.

Cuando el reloj dio las once, se terminó el baile. El señor y la señora de Fezziwig tomaron posiciones cada uno a un lado de la puerta, y dando apretones de manos a todos conforme iban saliendo, les deseaban felices Pascuas. Cuando todos se hubieron retirado, excepto los dos aprendices, hicieron lo mismo con ellos: y las alegres voces se extinguieron y los muchachos quedaron en sus lechos, que estaban debajo de un mostrador en la trastienda.

Durante todo este tiempo Scrooge había obrado como un hombre que no está en su sano juicio. Su corazón y su alma se hallaban en la escena, con su otro él. Lo reconocía todo, lo recordaba todo, gozaba de todo y sufría la más extraña agitación. Hasta el momento en que los brillantes rostros de su imagen y de Dick desaparecieron. no se acordó del Espectro, y entonces se dio cuenta de que estaba con la mirada fija en él, mientras la luz ardía sobre su cabeza con claridad deslumbradora.

-No merece la pena -dijo él Espectro- que estas simples gentes hagan tantas demostraciones de gratitud.

-¿Cómo? -respondió Scrooge.

El Espíritu le indicó que escuchase a los dos aprendices. cuyos corazones se deshacían en alabanza de Fezziwig; y cuando lo hubo hecho. dijo: -¡Qué! ¿No es verdad? No ha gastado sino algunas libras de vuestra moneda terrena: tres o cuatro quizás. ¿Es eso tanto como para merecer esa alabanza?

-No es eso -dijo Scrooge, disgustado por la observación y hablando inconscientemente como su otro él. no como quien era en realidad-. No es eso, Espíritu. En su mano está hacernos dichosos o infelices, hacer que nuestra tarea sea leve o abrumadora. que sea un placer o una fatiga. ¿Decís que su poder estriba en palabras y miradas, en cosas tan leves e insignificantes que es imposible contarlas? ¿Y qué? La felicidad que nos proporciona es tan grande como si costase una fortuna.

Sintió la mirada del Espíritu, y se detuvo.

-¿Qué os pasa? -preguntó el Espectro.

-Nada de particular -dijo Scrooge.

-Yo creo que os pasa algo -insistió el Espectro.

-No -dijo Scrooge- No. Que me agradaría poder decir algunas palabras a mí dependiente precisamente ahora. Nada más.

Su imagen antigua apagó las lámparas al expresar él aquel deseo y Scrooge y el Espectro halláronse de nuevo uno al lado del otro al aire libre.

-Me queda muy poco tiempo -hizo observar el Espíritu-. ¡Apresuraos!

Tal exclamación no iba dirigida a Scrooge ni a nadie que estuviera presente, pero produjo un efecto inmediato. De nuevo Scrooge contemplóse a sí mismo. Tenía más edad. Estaba en la primavera de la vida. Su cara no tenía las ásperas y rígidas apariencias de los últimos años: pero empezaba a mostrar las señales de la preocupación y de la avaricia. Había en sus ojos una movilidad ardiente, voraz, inquieta, que mostraba la pasión que había arraigado en él y donde haría sombra el árbol que empezaba a crecer.

He was not alone, but sat by the side of a fair young girl in a mourning-dress: in whose eyes there were tears, which sparkled in the light that shone out of the Ghost of Christmas Past.

"It matters little," she said, softly. "To you, very little. Another idol has displaced me; and if it can cheer and comfort you in time to come, as I would have tried to do, I have no just cause to grieve."

"What Idol has displaced you?" he rejoined.

"A golden one."

"This is the even-handed dealing of the world!" he said. "There is nothing on which it is so hard as poverty; and there is nothing it professes to condemn with such severity as the pursuit of wealth!"

"You fear the world too much," she answered, gently. "All your other hopes have merged into the hope of being beyond the chance of its sordid reproach. I have seen your nobler aspirations fall off one by one, until the master-passion, Gain, engrosses you. Have I not?"

"What then?" he retorted. "Even if I have grown so much wiser, what then? I am not changed towards you."

She shook her head.

"Am I?"

"Our contract is an old one. It was made when we were both poor and content to be so, until, in good season, we could improve our worldly fortune by our patient industry. You are changed. When it was made, you were another man."

"I was a boy," he said impatiently.

"Your own feeling tells you that you were not what you are," she returned. "I am. That which promised happiness when we were one in heart, is fraught with misery now that we are two. How often and how keenly I have thought of this, I will not say. It is enough that I have thought of it, and can release you."

"Have I ever sought release?"

"In words. No. Never."

"In what, then?"

"In a changed nature; in an altered spirit; in another atmosphere of life; another Hope as its great end. In everything that made my love of any worth or value in your sight. If this had never been between us," said the girl, looking mildly, but with steadiness, upon him; "tell me, would you seek me out and try to win me now? Ah, no!"

He seemed to yield to the justice of this supposition, in spite of himself. But he said with a struggle, "You think not."

No estaba solo, sino sentado junto a una hermosa joven vestida de luto, cuyos ojos hallábanse llenos de lágrimas, que lanzaban destellos a la luz que lanzaba el Espectro de la Navidad Pasada.

-Poco importa -decía ella dulcemente--. Para vos, muy poco. Me ha desplazado otro ídolo; pero si al venir puede alegraros y consolaros, como yo había procurado hacerlo, no tengo motivo de disgusto.

-¿Qué ídolo os ha desplazado? -preguntó él.

-Un ídolo de oro.

-He ahí la justicia del mundo -dijo Scrooge-. No hay en él nada tan abrumador como la pobreza, y nada se juzga en él con tanta severidad como la persecución de la riqueza.

-Tenéis demasiado temor a la opinión del mundo -contestó ella con dulzura-. Todas vuestras demás esperanzas se han confundido con la esperanza de poneros a cubierto de su sórdido reproche. Yo he visto desaparecer vuestras más nobles aspiraciones una por una, hasta que la pasión principal, .la Ganancia, os ha absorbido por completo. ¿No es cierto?

-¿Y qué? -replicó él-. Supongamos que me hubiese hecho tan prudente como todo eso; ¿y qué? Para vos yo he cambiado.

Ella meneó la cabeza. -¿He cambiado?

-Nuestro compromiso es antiguo. Lo contrajimos cuando ambos éramos pobres y nos sentíamos contentos de serlo, hasta que consiguiéramos aumentar nuestros bienes terrenales por medio de nuestro paciente trabajo. Habéis cambiado. Cuando. tal cosa ocurrió, erais otro hombre.

-Yo era un muchacho -dijo él con impaciencia.

-Vuestra propia conciencia os dice que no erais lo que sois -replicó ella-. Yo sí. Lo que prometía la felicidad cuando éramos uno en el corazón, es todo tristeza ahora que somos dos. No diré cuántas veces y cuán ardientemente he pensado en ello. Es suficiente que haya pensado en ello y que pueda devolveros la libertad.

-¿He buscado yo alguna vez esa libertad?

-Con palabras, no. Nunca.

-¿Pues con qué?

-Con vuestra naturaleza cambiada; con vuestro espíritu transformado; con la diferente atmósfera en que vivís; con vuestras nuevas esperanzas. Con todo lo que hizo mi amor de algún valor a vuestros ojos. Si nada de eso hubiera existido entre nosotros -dijo la muchacha, mirándole suavemente, pero con firmeza-. decidme: ¿seríais capaz ahora de solicitarme y de conquistarme? iAh, no!

A pesar suyo, él pareció ceder a la justicia de tal suposición. Pero, haciendo un esfuerzo, dijo:

-No es ése vuestro pensamiento.

"I would gladly think otherwise if I could," she answered, "Heaven knows! When I have learned a Truth like this, I know how strong and irresistible it must be. But if you were free to-day, to-morrow, yesterday, can even I believe that you would choose a dowerless girl—you who, in your very confidence with her, weigh everything by Gain: or, choosing her, if for a moment you were false enough to your one guiding principle to do so, do I not know that your repentance and regret would surely follow? I do; and I release you. With a full heart, for the love of him you once were."

He was about to speak; but with her head turned from him, she resumed.

"You may—the memory of what is past half makes me hope you will—have pain in this. A very, very brief time, and you will dismiss the recollection of it, gladly, as an unprofitable dream, from which it happened well that you awoke. May you be happy in the life you have chosen!"

She left him, and they parted.

"Spirit!" said Scrooge, "show me no more! Conduct me home. Why do you delight to torture me?"

"One shadow more!" exclaimed the Ghost.

"No more!" cried Scrooge. "No more. I don't wish to see it. Show me no more!"

But the relentless Ghost pinioned him in both his arms, and forced him to observe what happened next.

-Me causaría júbilo pensar de otro modo si pudiera --contestó ella-. ¿Dios lo sabe! Para convencerme de una verdad como ésa, yo sé cuán fuerte e irresistible tiene que ser. Pero sí fuerais libre hoy, mañana, al otro día, ¿puedo creer que elegiríais una muchacha pobre... vos, que en íntima confianza con ella sólo consideraríais la ganancia, o que, eligiéndola, si por un momento erais lo bastante falso para con vuestros principios al hacerlo así, no sé demasiado que vuestro pesar y vuestro arrepentimiento serían la indudable consecuencia? Lo sé. y os dejo en libertad. Con todo el corazón, pues en otro tiempo os amé, aunque el amor que os tenía haya desaparecido.

Intentó él hablar: pero ella, volviéndole la cara, continuó:

-Tal vez, la experiencia de lo pasado me hace suponerlo, esto os produzca aflicción. Dentro de poco, muy poco tiempo, ahuyentaréis todo recuerdo de ello, alegremente, como se ahuyenta el recuerdo de un sueño desagradable, del cual surge felizmente la alegría de lo que se encuentra al despertar. ¡Ojalá seáis feliz en la vida que habéis elegido!

Y se marchó.

-¿Espíritu -dijo Scrooge-, no me mostréis más cosas! Llevadme a casa. ¿Por qué gozáis torturándome?

-¡Una sombra más! -exclamó el Espectro.

-¡No más! -gritó Scrooge--. ¡No más! No quiero verla. ¡No me mostréis más cosas!

Pero el inexorable Espectro le sujetó por ambos brazos y le obligó a presenciar lo que iba a ocurrir inmediatamente.

They were in another scene and place; a room, not very large or handsome, but full of comfort. Near to the winter fire sat a beautiful young girl, so like that last that Scrooge believed it was the same, until he saw her, now a comely matron, sitting opposite her daughter. The noise in this room was perfectly tumultuous, for there were more children there, than Scrooge in his agitated state of mind could count; and, unlike the celebrated herd in the poem, they were not forty children conducting themselves like one, but every child was conducting itself like forty. The consequences were uproarious beyond belief; but no one seemed to care; on the contrary, the mother and daughter laughed heartily, and enjoyed it very much; and the latter, soon beginning to mingle in the sports, got pillaged by the young brigands most ruthlessly. What would I not have given to be one of them! Though I never could have been so rude, no, no! I wouldn't for the wealth of all the world have crushed that braided hair, and torn it down; and for the precious little shoe, I wouldn't have plucked it off, God bless my soul! to save my life. As to measuring her waist in sport, as they did, bold young brood, I couldn't have done it; I should have expected my arm to have grown round it for a punishment, and never come straight again. And yet I should have dearly liked, I own, to have touched her lips; to have questioned her, that she might have opened them; to have looked upon the lashes of her downcast eyes, and never raised a blush; to have let loose waves of hair, an inch of which would be a keepsake beyond price: in short, I should have liked, I do confess, to have had the lightest licence of a child, and yet to have been man enough to know its value.

But now a knocking at the door was heard, and such a rush immediately ensued that she with laughing face and plundered dress was borne towards it the centre of a flushed and boisterous group, just in time to greet the father, who came home attended by a man laden with Christmas toys and presents. Then the shouting and the struggling, and the onslaught that was made on the defenceless porter! The scaling him with chairs for ladders to dive into his pockets, despoil him of brown-paper parcels, hold on tight by his cravat, hug him round his neck, pommel his back, and kick his legs in irrepressible affection! The shouts of wonder and delight with which the development of every package was received! The terrible announcement that the baby had been taken in the act of putting a doll's frying-pan into his mouth, and was more than suspected of having swallowed a fictitious turkey, glued on a wooden platter! The immense relief of finding this a false alarm! The joy, and gratitude, and ecstasy! They are all indescribable alike. It is enough that by degrees the children and their emotions got out of the parlour, and by one stair at a time, up to the top of the house; where they went to bed, and so subsided.

Se hallaban en otra escena y en otro lugar, no muy amplio ni muy hermoso, pero lleno de comodidad. Cerca de la lumbre propia del invierno estaba sentada una hermosa muchacha, tan parecida a la anterior, que Scrooge creyó que era la misma, hasta que vio que era una hermosa matrona, sentada enfrente de su propia hija. El ruido en la habitación era verdaderamente tumultuoso, pues había allí tantos muchachos que Scrooge, en su estado de agitación mental, no pudo contarlos, y a diferencia del grupo celebrado en el poema, en vez de ser cuarenta niños silenciosos como si sólo hubiera uno, cada uno de ellos hacia tanto ruido como cuarenta. Las consecuencias eran de lo más ruidoso que se puede imaginar, pero nadie se preocupaba de ello; al contrario, la madre y la hija reían de muy buena gana y se divertían muchísimo con ello; y esta última, empezando pronto, a mezclarse en los juegos, fue hecha prisionera por los pequeños bandidos del modo más despiadado. ¡Qué no habría dado yo por ser uno de ellos! Aunque yo nunca habría sido tan grosero, de ninguna manera. Por todo el oro del mundo no habría yo estrujado sus hermosas trenzas, deshaciéndolas; y respecto de su precioso zapatito, no se lo habría quitado violentamente, así Dios me salve, aunque en ello me fuera la vida. En cuanto a medirle la cintura jugando, como aquellos atrevidos, no me hubiera atrevido a hacerlo, temiendo que en castigo me quedase con el brazo doblado para siempre, a fin de que no pudiera reincidir. Y habríame agradado sobremanera haber tocado sus labios; haberle preguntado algo para hacer que los abriese; haber contemplado las pestañas en sus ojos abatidos, sin producirle nunca rubor; haber dejado sueltas las ondas de cabello, del cual una sola pulgada sería un recuerdo inapreciable; en una palabra, habríame agradado, lo confieso, haber tenido el ágil atrevimiento de un niño, y, sin embargo, haber sido lo bastante hombre para apreciar el valor de tal condición.

Pero de pronto se oyó que llamaban a la puerta, e inmediatamente se produjo tal conmoción, que la matrona, con cara sonriente, se dirigió a abrir la puerta en medio de un grupo jubiloso y alegre que saludó ruidosamente al padre. que llegaba a casa precediendo a un hombre cargado de regalos y juguetes de Navidad. Entonces fueron las aclamaciones y la lucha y el ataque contra el portador indefenso; el asalto sirviéndose de las sillas a modo de escalas, para registrarle los bolsillos, despojarle de los paquetes envueltos en papel de estraza, agarrársele a la corbata, colgársele del cuello, darle golpes en la espalda y puntapiés en las piernas con irrefrenable entusiasmo. ¡Las exclamaciones de admiración y delicia con que era recibido el descubrimiento de cada envoltorio! ¡El terrible anuncio de que el más pequeño había sido sorprendido metiéndose en la boca una sartén de muñeca y era más que probable que se había tragado un pavo de juguete pegado en una peana de madera! ¡El inmenso alivio al saber que sólo era una falsa alarma! ¡La alegría, y la gratitud, y el entusiasmo eran igualmente indescriptibles! Poco a poco. los niños con sus emociones salieron del salón y fueron subiendo por una escalera hasta la parte más alta de la casa, donde se acostaron, y renació la calma.

And now Scrooge looked on more attentively than ever, when the master of the house, having his daughter leaning fondly on him, sat down with her and her mother at his own fireside; and when he thought that such another creature, quite as graceful and as full of promise, might have called him father, and been a spring-time in the haggard winter of his life, his sight grew very dim indeed.

"Belle," said the husband, turning to his wife with a smile, "I saw an old friend of yours this afternoon."

"Who was it?"

"Guess!"

"How can I? Tut, don't I know?" she added in the same breath, laughing as he laughed. "Mr. Scrooge."

"Mr. Scrooge it was. I passed his office window; and as it was not shut up, and he had a candle inside, I could scarcely help seeing him. His partner lies upon the point of death, I hear; and there he sat alone. Quite alone in the world, I do believe."

"Spirit!" said Scrooge in a broken voice, "remove me from this place."

"I told you these were shadows of the things that have been," said the Ghost. "That they are what they are, do not blame me!"

"Remove me!" Scrooge exclaimed, "I cannot bear it!"

He turned upon the Ghost, and seeing that it looked upon him with a face, in which in some strange way there were fragments of all the faces it had shown him, wrestled with it.

"Leave me! Take me back. Haunt me no longer!"

In the struggle, if that can be called a struggle in which the Ghost with no visible resistance on its own part was undisturbed by any effort of its adversary, Scrooge observed that its light was burning high and bright; and dimly connecting that with its influence over him, he seized the extinguisher-cap, and by a sudden action pressed it down upon its head.

The Spirit dropped beneath it, so that the extinguisher covered its whole form; but though Scrooge pressed it down with all his force, he could not hide the light: which streamed from under it, in an unbroken flood upon the ground.

He was conscious of being exhausted, and overcome by an irresistible drowsiness; and, further, of being in his own bedroom. He gave the cap a parting squeeze, in which his hand relaxed; and had barely time to reel to bed, before he sank into a heavy sleep.

Entonces Scrooge fijó su atención más atentamente que nunca, cuando el amo de la casa, con su hija cariñosamente apoyada en él, se sentó con ella y junto a su madre, al lado del fuego; y cuando pensó que una criatura como aquélla, tan graciosa y tan llena de promesas, podía haberle llamado padre, convirtiendo en alegría el hosco invierno de su vida, se le nublaron los ojos de lágrimas.

-Hermosa mía -dijo el marido, volviéndose hacia su esposa sonriendo-, esta tarde he visto a un antiguo amigo tuyo.

-¿A quién?

-A ver si lo aciertas.

-¿Cómo puedo acertarlo? No lo sé -añadió riendo, a la vez que reía él-. El señor Scrooge.

-El mismo. Pasé junto a la ventana de su despacho: y como no estaba cerrado aún y tenía una luz en el interior, no pude menos de verle. He oído que su socio hállase a las puertas de la muerte y ahora él se encuentra solo. Completamente solo en el mundo, supongo.

-¡Espíritu -dijo Scrooge, con la voz destrozada-, sacadme de este sitio!

-Ya os dije que éstas eran sombras de las cosas que han sido -dijo el Espectro-. Si ellas son lo que son, no tenéis por qué censurarme.

-¡Llevadme de aquí! --exclamó Scrooge-. ¡No puedo resistirlo!

Volvióse hacia el Espectro, y al ver que le miraba con una cara en la cual aparecían de modo extraordinario fragmentos de todas las caras que le había mostrado, se arrojó sobre él.

-¡Dejadme! ¡Restituidme a mi casa! ¡No me atormentéis más!

En la lucha -si aquello podía llamarse lucha, pues el Espectro, con invisible resistencia por su parte, no se alteró por ninguno de los esfuerzos de su adversario- Scrooge observó que la luz sobre su cabeza brillaba con gran esplendor, y relacionando esto con la influencia que ejercía sobre él, se apoderó del gorro apagador y con un movimiento repentino se lo encasquetó.

El Espíritu se encogió de modo que el apagador cubrió toda su figura; pero aunque Scrooge lo oprimía hacia abajo con toda su fuerza, no podía ocultar la luz, que brotaba de su parte inferior, iluminando esplendorosamente el suelo.

Notó que sus fuerzas se extinguían y que se apoderaba de él una irresistible somnolencia y, además, que se hallaba en su propio dormitorio. Hizo un gran esfuerzo sobre el apagador, con el cual se quebró una mano, y apenas tuvo tiempo de tenderse sobre el lecho, cayendo en un profundo sueño.

## Stave 3

### THE SECOND OF THE THREE SPIRITS

## Capítulo 3

### EL SEGUNDO DE LOS TRES ESPÍRITUS

Awaking in the middle of a prodigiously tough snore, and sitting up in bed to get his thoughts together, Scrooge had no occasion to be told that the bell was again upon the stroke of One. He felt that he was restored to consciousness in the right nick of time, for the especial purpose of holding a conference with the second messenger despatched to him through Jacob Marley's intervention. But finding that he turned uncomfortably cold when he began to wonder which of his curtains this new spectre would draw back, he put them every one aside with his own hands; and lying down again, established a sharp look-out all round the bed. For he wished to challenge the Spirit on the moment of its appearance, and did not wish to be taken by surprise, and made nervous.

Gentlemen of the free-and-easy sort, who plume themselves on being acquainted with a move or two, and being usually equal to the time-of-day, express the wide range of their capacity for adventure by observing that they are good for anything from pitch-and-toss to manslaughter; between which opposite extremes, no doubt, there lies a tolerably wide and comprehensive range of subjects. Without venturing for Scrooge quite as hardily as this, I don't mind calling on you to believe that he was ready for a good broad field of strange appearances, and that nothing between a baby and rhinoceros would have astonished him very much.

Now, being prepared for almost anything, he was not by any means prepared for nothing; and, consequently, when the Bell struck One, and no shape appeared, he was taken with a violent fit of trembling. Five minutes, ten minutes, a quarter of an hour went by, yet nothing came. All this time, he lay upon his bed, the very core and centre of a blaze of ruddy light, which streamed upon it when the clock proclaimed the hour; and which, being only light, was more alarming than a dozen ghosts, as he was powerless to make out what it meant, or would be at; and was sometimes apprehensive that he might be at that very moment an interesting case of spontaneous combustion, without having the consolation of knowing it. At last, however, he began to think—as you or I would have thought at first; for it is always the person not in the predicament who knows what ought to have been done in it, and would unquestionably have done it too—at last, I say, he began to think that the source and secret of this ghostly light might be in the adjoining room, from whence, on further tracing it, it seemed to shine. This idea taking full possession of his mind, he got up softly and shuffled in his slippers to the door.

The moment Scrooge's hand was on the lock, a strange voice called him by his name, and bade him enter. He obeyed.

Despertó al dar un estrepitoso ronquido: e incorporándose en el lecho para coordinar sus pensamientos, no tuvo necesidad de que le advirtiesen que la campana estaba próxima a dar otra vez da una. Vuelto a la realidad, comprendió que era el momento crítico en que debía celebrar una conferencia con el segundo mensajero que se le enviaba por la intervención de Jacob Marley. Pero hallando muy desagradable el escalofrío que experimentaba en el lecho al preguntarse cuál de las cortinas separaría el nuevo espectro, las separaría con sus propias manos y, acostándose de nuevo, se constituyó en avisado centinela de lo que pudiera ocurrir alrededor de la cama, pues deseaba hacer frente al Espíritu en el momento de su aparición, y no ser asaltado por sorpresa y dejarse dominar por la emoción.

Así; pues, hallándose preparado para casi todo lo que pudiera ocurrir; no lo estaba de ninguna manera para el caso de que no ocurriera nada; y, por consiguiente, cuando la campana dio la una y Scrooge no vio aparecer ninguna sombra, fue presa de un violento temblor. Cinco minutos, diez minutos, un cuarto de hora transcurrieron y nada ocurría...

Durante todo este tiempo caían sobre el lecho los rayos de una luz rojiza que lanzó vivos destellos cuando el reloj dio la hora; pero, siendo una sola luz, era más alarmante que una docena de espectros, pues Scrooge se sentía impotente para descifrar cuál fuera su significado; y hubo momentos en que temió que se verificase un interesante caso de combustión espontánea, . sin tener el consuelo de saber de qué se trataba. No obstante, al fin empezó a pensar, como nos hubiera ocurrido en semejante caso a vosotros o a mí; al fin, digo, empezó a pensar que el manantial de la misteriosa luz sobrenatural podía hallarse en la habitación inmediata. de donde parecía proceder el resplandor. Esta idea se apoderó de su pensamiento, y suavemente se deslizó Scrooge con. sus zapatillas hacia la puerta.

En el preciso momento en que su mano se posaba en la cerradura, una voz extraña lo llamó por su nombre y le invitó a entrar. El obedeció.

It was his own room. There was no doubt about that. But it had undergone a surprising transformation. The walls and ceiling were so hung with living green, that it looked a perfect grove; from every part of which, bright gleaming berries glistened. The crisp leaves of holly, mistletoe, and ivy reflected back the light, as if so many little mirrors had been scattered there; and such a mighty blaze went roaring up the chimney, as that dull petrification of a hearth had never known in Scrooge's time, or Marley's, or for many and many a winter season gone. Heaped up on the floor, to form a kind of throne, were turkeys, geese, game, poultry, brawn, great joints of meat, sucking-pigs, long wreaths of sausages, mince-pies, plum-puddings, barrels of oysters, red-hot chestnuts, cherry-cheeked apples, juicy oranges, luscious pears, immense twelfth-cakes, and seething bowls of punch, that made the chamber dim with their delicious steam. In easy state upon this couch, there sat a jolly Giant, glorious to see; who bore a glowing torch, in shape not unlike Plenty's horn, and held it up, high up, to shed its light on Scrooge, as he came peeping round the door.

"Come in!" exclaimed the Ghost. "Come in! and know me better, man!"

Scrooge entered timidly, and hung his head before this Spirit. He was not the dogged Scrooge he had been; and though the Spirit's eyes were clear and kind, he did not like to meet them.

"I am the Ghost of Christmas Present," said the Spirit. "Look upon me!"

Scrooge reverently did so. It was clothed in one simple green robe, or mantle, bordered with white fur. This garment hung so loosely on the figure, that its capacious breast was bare, as if disdaining to be warded or concealed by any artifice. Its feet, observable beneath the ample folds of the garment, were also bare; and on its head it wore no other covering than a holly wreath, set here and there with shining icicles. Its dark brown curls were long and free; free as its genial face, its sparkling eye, its open hand, its cheery voice, its unconstrained demeanour, and its joyful air. Girded round its middle was an antique scabbard; but no sword was in it, and the ancient sheath was eaten up with rust.

"You have never seen the like of me before!" exclaimed the Spirit.

"Never," Scrooge made answer to it.

"Have never walked forth with the younger members of my family; meaning (for I am very young) my elder brothers born in these later years?" pursued the Phantom.

"I don't think I have," said Scrooge. "I am afraid I have not. Have you had many brothers, Spirit?"

"More than eighteen hundred," said the Ghost.

Era su propia habitación. Acerca de esto no había la menor duda. Pero la estancia había sufrido una sorprendente transformación. Las paredes y el techo hallábanse de tal modo cubiertos de ramas y hojas, que parecía un perfecto boscaje, el cual por todas partes mostraba pequeños frutos que resplandecían. Las rizadas hojas de acebo, hiedra y muérdago reflejaban la luz. como si se hubieran esparcido multitud de pequeños espejos, y en la chimenea resplandecía una poderosa llamarada, alimentada por una cantidad de combustible desconocida en tiempo de Marley o de Scrooge y desde hacía muchos años y muchos inviernos. Amontonados sobre el suelo, formando una especie de trono, había pavos, gansos, piezas de caza, aves caseras, suculentos trozos de carne, cochinillos, largas salchichas, pasteles, barriles de ostras, encendidas castañas, sonrosadas manzanas, jugosas naranjas, brillantes peras y tazones llenos de ponche, que obscurecían la habitación con su delicioso vapor. Cómodamente sentado sobre este lecho se hallaba un alegre gigante de glorioso aspecto, que tenía una brillante antorcha de forma parecida al Cuerno de la Abundancia, y que la mantenía en alto para derramar su luz sobre Scrooge cuando éste llegó atisbando alrededor de la puerta.

-¡Entrad!- exclamó el Espectro-. ¡Entrad y conocedme mejor, hombre!

Scrooge penetró tímidamente e inclinó la cabeza ante el Espíritu. Ya no era el terco Scrooge que había sido, y aunque los ojos del Espíritu eran claros y benévolos, no le agradaba encontrarse con ellos.

-Soy el Espectro de la Navidad Presente -dijo el Espíritu-. ¡Miradme!

Scrooge le miró con todo respeto. Estaba vestido con una sencilla y larga túnica o manto verde, con vueltas de piel blanca. Esta vestidura colgaba sobre su figura con tal negligencia, que se veía el robusto pecho desnudo como si no se cuidara de mostrarlo ni de ocultarlo con ningún artificio. Sus pies, que se veían por debajo de los amplios pliegues de la vestidura, también estaban desnudos. y sobre la cabeza no llevaba otra cosa que una corona de acebo, sembrada de pedacitos de hielo. Sus negros rizos eran abundantes y sueltos, tan agradables como su rostro alegre, su mirada viva, su mano abierta, su armoniosa voz, su desenvoltura y su simpático aspecto. Ceñida a la cintura llevaba una antigua vaina de espada; pero en ella no había arma ninguna y la antigua vaina se hallaba mohosa.

-¿Nunca hasta ahora habéis visto nada que se me parezca? -exclamó el Espíritu.

-Nunca- contestó Scrooge.

-¿Nunca habéis paseado en compañía de los más jóvenes miembros de mi familia, quiero decir (pues yo soy muy joven) de mis hermanos mayores nacidos en estos últimos años? -prosiguió el Fantasma.

-Me parece que no -dijo Scrooge-. Temo que no. ¿Habéis tenido muchos hermanos, Espíritu?

-Más de mil ochocientos -dijo el Espectro.

"A tremendous family to provide for!" muttered Scrooge.

The Ghost of Christmas Present rose.

"Spirit," said Scrooge submissively, "conduct me where you will. I went forth last night on compulsion, and I learnt a lesson which is working now. To-night, if you have aught to teach me, let me profit by it."

"Touch my robe!"

Scrooge did as he was told, and held it fast.

Holly, mistletoe, red berries, ivy, turkeys, geese, game, poultry, brawn, meat, pigs, sausages, oysters, pies, puddings, fruit, and punch, all vanished instantly. So did the room, the fire, the ruddy glow, the hour of night, and they stood in the city streets on Christmas morning, where (for the weather was severe) the people made a rough, but brisk and not unpleasant kind of music, in scraping the snow from the pavement in front of their dwellings, and from the tops of their houses, whence it was mad delight to the boys to see it come plumping down into the road below, and splitting into artificial little snow-storms.

The house fronts looked black enough, and the windows blacker, contrasting with the smooth white sheet of snow upon the roofs, and with the dirtier snow upon the ground; which last deposit had been ploughed up in deep furrows by the heavy wheels of carts and waggons; furrows that crossed and re-crossed each other hundreds of times where the great streets branched off; and made intricate channels, hard to trace in the thick yellow mud and icy water. The sky was gloomy, and the shortest streets were choked up with a dingy mist, half thawed, half frozen, whose heavier particles descended in a shower of sooty atoms, as if all the chimneys in Great Britain had, by one consent, caught fire, and were blazing away to their dear hearts' content. There was nothing very cheerful in the climate or the town, and yet was there an air of cheerfulness abroad that the clearest summer air and brightest summer sun might have endeavoured to diffuse in vain.

-Una tremenda familia a quien atender -murmuró Scrooge.

El Espectro de la Navidad Presente se levantó.

-Espíritu -dijo Scrooge con sumisión-, llevadme a donde queráis. La última noche tuve que salir de casa a la fuerza y aprendí una lección que ahora hace su efecto. Esta noche, si tenéis que enseñarme alguna cosa, permitidme que saque provecho de ella.

-¡Tocad mi vestido!

Scrooge lo tocó apretándolo con firmeza.

Acebo, muérdago, rojos frutos, hiedra, pavos, gansos, caza. aves. carne, cochinillos, salchichas, ostras, pasteles y ponche, todo se desvaneció instantáneamente. Lo mismo ocurrió con la habitación, el fuego, la rojiza brillantez, la noche, y ellos halláronse en la mañana de Navidad y en las calles de la ciudad, donde (como el tiempo era crudo) muchas personas producían una especie de música ruda, pero alegre y no desagradable, al arrancar la nieve del pavimento en la parte correspondiente a sus domicilios y de los tejados de las casas, lo que producía una alegría loca en los muchachos al ver cómo se amontonaba cayendo sobre el piso y a veces se deshacía en el aire, produciendo pequeñas tempestades de nieve.

Las fachadas de las casas parecían negras y más negras aún las ventanas, contrastando con la tersa y blanca sábana de nieve que cubría los tejados y con la nieve más sucia que se extendía por el suelo y que había sido hollada en profundos surcos por las pesadas ruedas de carros y camiones; surcos que se cruzaban y se volvían a cruzar unos a otros, cientos de veces, en las bifurcaciones de las calles amplias, y formaban intrincados canales, difíciles de trazar, en el espeso fango amarillo y en el agua llena de hielo. El cielo estaba sombrío y las calles más estrechas se hallaban ahogadas por la obscura niebla, medio deshelada, medio glacial, cuyas partículas más pesadas descendían en una llovizna de átomos fuliginosos, como si todas las chimeneas de la Gran Bretaña se hubieran incendiado a la vez y estuvieran lanzándose el contenido de sus hogares. Nada de alegre había en el clima de la ciudad, y, sin embargo, notábase un aire de júbilo que el más diáfano aire estival y el más brillante sol del estío en vano habrían intentado difundir.

For, the people who were shovelling away on the housetops were jovial and full of glee; calling out to one another from the parapets, and now and then exchanging a facetious snowball—better-natured missile far than many a wordy jest—laughing heartily if it went right and not less heartily if it went wrong. The poulterers' shops were still half open, and the fruiterers' were radiant in their glory. There were great, round, pot-bellied baskets of chestnuts, shaped like the waistcoats of jolly old gentlemen, lolling at the doors, and tumbling out into the street in their apoplectic opulence. There were ruddy, brown-faced, broad-girthed Spanish Onions, shining in the fatness of their growth like Spanish Friars, and winking from their shelves in wanton slyness at the girls as they went by, and glanced demurely at the hung-up mistletoe. There were pears and apples, clustered high in blooming pyramids; there were bunches of grapes, made, in the shopkeepers' benevolence to dangle from conspicuous hooks, that people's mouths might water gratis as they passed; there were piles of filberts, mossy and brown, recalling, in their fragrance, ancient walks among the woods, and pleasant shufflings ankle deep through withered leaves; there were Norfolk Biffins, squat and swarthy, setting off the yellow of the oranges and lemons, and, in the great compactness of their juicy persons, urgently entreating and beseeching to be carried home in paper bags and eaten after dinner. The very gold and silver fish, set forth among these choice fruits in a bowl, though members of a dull and stagnant-blooded race, appeared to know that there was something going on; and, to a fish, went gasping round and round their little world in slow and passionless excitement.

En efecto, los que maniobraban con las palas en lo alto de los edificios estaban animosos y llenos de alegría; Ilamábanse unos a otros desde los parapetos y de vez en cuando se disparaban bromeando una bola de nieve -proyectil mucho más inofensivo que muchas bromas verbales-, riendo cordialmente si daba en el blanco Y no menos cordialmente si fallaba la puntería.

Las tiendas en que se vendían aves estaban todavía entreabiertas y las fruterías radiantes de esplendor. Había grandes, redondas y panzudas cestas de castañas, cuya figura se asemejaba a los chalecos de los ancianos gastrónomos, recostadas en las puertas y tumbadas en la calle con su opulencia apoplética. Había rojizas, morenas y anchas cebollas de España, brillando en la gordura de su desarrollo. como frailes españoles, y haciendo guiños en sus bazares, con socarronería retozona a las muchachas que pasaban por su lado y mirando humildemente al muérdago que colgaba en lo alto. Había peras y manzanas formando altas pirámides apetitosas: había racimos de uvas, que la benevolencia de los fruteros había colgado de magníficos ganchos para que las bocas de los transeúntes pudieran hacerse agua al pasar; había montones de avellanas, mohosas y obscuras, cuya fragancia hacía recordar antiguo9 paseos por en medio de bosques y agradables marchas hundiendo los pies hasta los tobillos en hojas marchitas: había naranjas y limones, que en la gran densidad de sus cuerpos jugosos pedían con urgencia ser llevados a casa en bolsas de papel y comidos después del almuerzo, y había pescados de oro y de plata.

The Grocers'! oh, the Grocers'! nearly closed, with perhaps two shutters down, or one; but through those gaps such glimpses! It was not alone that the scales descending on the counter made a merry sound, or that the twine and roller parted company so briskly, or that the canisters were rattled up and down like juggling tricks, or even that the blended scents of tea and coffee were so grateful to the nose, or even that the raisins were so plentiful and rare, the almonds so extremely white, the sticks of cinnamon so long and straight, the other spices so delicious, the candied fruits so caked and spotted with molten sugar as to make the coldest lookers-on feel faint and subsequently bilious. Nor was it that the figs were moist and pulpy, or that the French plums blushed in modest tartness from their highly-decorated boxes, or that everything was good to eat and in its Christmas dress; but the customers were all so hurried and so eager in the hopeful promise of the day, that they tumbled up against each other at the door, crashing their wicker baskets wildly, and left their purchases upon the counter, and came running back to fetch them, and committed hundreds of the like mistakes, in the best humour possible; while the Grocer and his people were so frank and fresh that the polished hearts with which they fastened their aprons behind might have been their own, worn outside for general inspection, and for Christmas daws to peck at if they chose.

But soon the steeples called good people all, to church and chapel, and away they came, flocking through the streets in their best clothes, and with their gayest faces. And at the same time there emerged from scores of bye-streets, lanes, and nameless turnings, innumerable people, carrying their dinners to the bakers' shops. The sight of these poor revellers appeared to interest the Spirit very much, for he stood with Scrooge beside him in a baker's doorway, and taking off the covers as their bearers passed, sprinkled incense on their dinners from his torch. And it was a very uncommon kind of torch, for once or twice when there were angry words between some dinner-carriers who had jostled each other, he shed a few drops of water on them from it, and their good humour was restored directly. For they said, it was a shame to quarrel upon Christmas Day. And so it was! God love it, so it was!

¿Pues y las tiendas de comestibles? ¡Oh, las tiendas de comestibles! Estaban próximas a cerrar, con las puertas entornadas; pero a través de las rendijas daba gusto mirar. No era solamente que los platillos de la balanza produjesen un agradable sonido al caer sobre el mostrador, ni que el bramante se separase del carrete con viveza, ni que las cajas metálicas resonasen arriba y abajo como objetos de prestidigitación, ni que los olores mezclados del té y del café fuesen muy agradables al olfato, ni que las pasas fuesen abundantes y raras, las almendras exageradamente blancas; las tiras de canela largas y rectas, delicadas las otras especias, las frutas confitadas, envueltas en azúcar fundido, capaces de excitar el apetito y dar envidia a los más fríos espectadores. No era tampoco que los higos se mostrasen húmedos y carnosos, ni que las ciruelas francesas enrojeciesen con alguna acritud en sus cajas adornadas, ni que todo excitase el apetito en su aderezo de Navidad, sino que las parroquianas se apresuraban con tal afán en la esperanzada promesa del día, que se empujaban unas a otras a la puerta, haciendo estallar toscamente los cestos de mimbre, y dejaban los portamonedas sobre el mostrador y volvían corriendo a buscarlos, cometiendo cientos de equivocaciones semejantes, con el mejor humor posible; mientras el tendero y sus dependientes se mostraban tan serviciales y tan fogosos, que se comprendía fácilmente que los corazones que latían detrás de los mandiles no se regocijaban sólo por hacer buenas ventas, sino por el júbilo que les producía la Navidad.

Pero pronto las campanas llamaron a las gentes a la iglesia o la capilla, y todos acudieron luciendo por las calles sus mejores vestidos y con la alegría en los rostros, y al mismo tiempo desembocaron por todas las calles, callejuelas y recodos incontables personas que llevaban sus comidas a las tahonas, para ponerlas en el horno. La vista de aquellas pobres gentes de buen humor pareció interesar muchísimo al Espíritu, pues permaneció detrás de Scrooge a la puerta de una tahona, y levantando las tapaderas de las cazuelas, conforme pasaban por su lado los que las llevaban, rociaba las comidas con el incienso de su antorcha, que era verdaderamente extraordinaria, pues una o dos veces que se cruzaron palabras airadas entre algunos portadores de comidas por haberse empujado mutuamente, el Espíritu derramó sobre ellos algunas gotas de líquido procedente de la antorcha, e inmediatamente recobraron su buen humor, pues decían que era una vergüenza disputar el día de Navidad. ¿Y nada más puesto en razón, Señor?

In time the bells ceased, and the bakers were shut up; and yet there was a genial shadowing forth of all these dinners and the progress of their cooking, in the thawed blotch of wet above each baker's oven; where the pavement smoked as if its stones were cooking too.

"Is there a peculiar flavour in what you sprinkle from your torch?" asked Scrooge.

"There is. My own."

"Would it apply to any kind of dinner on this day?" asked Scrooge.

"To any kindly given. To a poor one most."

"Why to a poor one most?" asked Scrooge.

"Because it needs it most."

"Spirit," said Scrooge, after a moment's thought, "I wonder you, of all the beings in the many worlds about us, should desire to cramp these people's opportunities of innocent enjoyment."

"I!" cried the Spirit.

"You would deprive them of their means of dining every seventh day, often the only day on which they can be said to dine at all," said Scrooge. "Wouldn't you?"

"I!" cried the Spirit.

"You seek to close these places on the Seventh Day?" said Scrooge. "And it comes to the same thing."

"I seek!" exclaimed the Spirit.

"Forgive me if I am wrong. It has been done in your name, or at least in that of your family," said Scrooge.

"There are some upon this earth of yours," returned the Spirit, "who lay claim to know us, and who do their deeds of passion, pride, ill-will, hatred, envy, bigotry, and selfishness in our name, who are as strange to us and all our kith and kin, as if they had never lived. Remember that, and charge their doings on themselves, not us."

Scrooge promised that he would; and they went on, invisible, as they had been before, into the suburbs of the town. It was a remarkable quality of the Ghost (which Scrooge had observed at the baker's), that notwithstanding his gigantic size, he could accommodate himself to any place with ease; and that he stood beneath a low roof quite as gracefully and like a supernatural creature, as it was possible he could have done in any lofty hall.

Cesaron de tocar las campanas y los tahoneros cerraron; y, sin embargo, era de admirar cómo desaparecía, por efecto de la confección de aquellas comidas, la mancha de humedad que coronaba todos los hornos, cuyo pavimento echaba humo como si estuvieran asándose hasta sus piedras.

-¿Hay algún aroma peculiar en el líquido de vuestra antorcha con el que rociáis? -preguntó Scrooge.

-Sí. El mío.

-¿Ejerce influencia sobre las comidas en este día? -preguntó Scrooge.

-En todas, sobre todo en las de los pobres. -¿Por qué sobre todo en las de los pobres? preguntó Scrooge.

-Porque son los que más lo necesitan. -Espíritu -dijo Scrooge, después de reflexionar un momento-. me admira que, de todos los seres que viven en este mundo que habitamos, sólo vos deseéis limitar a estas gentes las ocasiones que se les ofrecen de inocente alegría.

-¿Yo? -gritó el Espíritu.

-Sí, porque les priváis de trabajar cada siete días, con frecuencia el único día en que pueden decir verdaderamente que comen. ¡No es cierto? -dijo Scrooge.

-¡Yo! -gritó el Espíritu.

-Procuráis que cierren los hornos el Séptimo Día -dijo Scrooge-. Y es la misma cosa.

-¿Yo? -exclamó el Espíritu.

-Perdonadme si estoy equivocado. Se hace en vuestro nombre, o, por lo menos, en nombre de vuestra familia -dijo Scrooge.

-Hay algunos seres sobre la tierra -replicó el Espíritu- que pretenden conocernos, y que realizan sus acciones de pasión, orgullo, malevolencia, odio, envidia, santurronería y egoísmo en nuestro nombre, y que son tan extraños para nosotros y para todo lo que con nosotros se relaciona, como si nunca hubieran vivido. Acordaos de ello y cargad la responsabilidad sobre ellos y no sobre nosotros.

Scrooge prometió lo que el Espíritu le pedía, y siguieron adelante, invisibles como habían sido antes, hacia los suburbios de la ciudad. Era una notable cualidad del Espectro (que Scrooge había observado a la puerta del tahonero) que, a pesar de su talla gigantesca, podía amoldarse a cualquier sitio con comodidad, y que, como un ser sobrenatural, se hallaba en cualquier habitación baja de techo tan cómodamente como podía haber estado en un salón de elevadísimas paredes.

And perhaps it was the pleasure the good Spirit had in showing off this power of his, or else it was his own kind, generous, hearty nature, and his sympathy with all poor men, that led him straight to Scrooge's clerk's; for there he went, and took Scrooge with him, holding to his robe; and on the threshold of the door the Spirit smiled, and stopped to bless Bob Cratchit's dwelling with the sprinkling of his torch. Think of that! Bob had but fifteen "Bob" a-week himself; he pocketed on Saturdays but fifteen copies of his Christian name; and yet the Ghost of Christmas Present blessed his four-roomed house!

Then up rose Mrs. Cratchit, Cratchit's wife, dressed out but poorly in a twice-turned gown, but brave in ribbons, which are cheap and make a goodly show for sixpence; and she laid the cloth, assisted by Belinda Cratchit, second of her daughters, also brave in ribbons; while Master Peter Cratchit plunged a fork into the saucepan of potatoes, and getting the corners of his monstrous shirt collar (Bob's private property, conferred upon his son and heir in honour of the day) into his mouth, rejoiced to find himself so gallantly attired, and yearned to show his linen in the fashionable Parks. And now two smaller Cratchits, boy and girl, came tearing in, screaming that outside the baker's they had smelt the goose, and known it for their own; and basking in luxurious thoughts of sage and onion, these young Cratchits danced about the table, and exalted Master Peter Cratchit to the skies, while he (not proud, although his collars nearly choked him) blew the fire, until the slow potatoes bubbling up, knocked loudly at the saucepan-lid to be let out and peeled.

"What has ever got your precious father then?" said Mrs. Cratchit. "And your brother, Tiny Tim! And Martha warn't as late last Christmas Day by half-an-hour?"

"Here's Martha, mother!" said a girl, appearing as she spoke.

"Here's Martha, mother!" cried the two young Cratchits. "Hurrah! There's such a goose, Martha!"

"Why, bless your heart alive, my dear, how late you are!" said Mrs. Cratchit, kissing her a dozen times, and taking off her shawl and bonnet for her with officious zeal.

"We'd a deal of work to finish up last night," replied the girl, "and had to clear away this morning, mother!"

"Well! Never mind so long as you are come," said Mrs. Cratchit. "Sit ye down before the fire, my dear, and have a warm, Lord bless ye!"

Y ya fuese por el placer que el buen Espíritu experimentaba al mostrar este poder suyo, ya por su naturaleza amable, generosa y cordial y su simpatía por los pobres, condujo a Scrooge derechamente a casa del dependiente de éste, pues allá fue, en efecto, llevando a Scrooge adherido a su vestidura. Al llegar al umbral, sonrió el Espíritu y se detuvo para bendecir la morada de Bob Cratchit con las salpicaduras de su antorcha. Bob sólo cobraba quince Bob semanales: cada sábado sólo embolsaba quince ejemplares de su nombre, y. sin embargo, el Espectro de la Navidad Presente no dejó por ello de bendecir su morada, que se componía de cuatro piezas.

Entonces se levantó la señora Cratchit, esposa de Cratchit, vestida pobremente con una bata a la cual había dado ya dos vueltas, pero llena de cintas que no valdrían más de seis peniques. y en aquel momento estaba poniendo la mesa, ayudada por Belinda Cratchit, la segunda de sus hijas. también adornada con cintas, mientras master Pedro Cratchit hundía un tenedor en una cacerola de patatas, llegándole a la boca las puntas de un monstruoso cuello planchado (que pertenecía a Bob y que se lo había cedido a su hijo y heredero para celebrar la festividad del día), gozoso al hallarse tan elegantemente adornado y orgulloso de poder mostrar su figura en los jardines de moda. De pronto entraron llorando dos Cratchit más pequeños: varón y hembra, diciendo a gritos que desde la puerta de la tahona habían sentido el olor del ganso y habían conocido que era el suyo; y pensando en la comida, estos pequeños Cratchit se pusieron a bailar alrededor de la mesa y exaltaron hasta los cielos a master Pedro Cratchit, mientras él (sin orgullo, aunque faltaba poco para que le ahogase el cuello) soplaba la lumbre hasta que las patatas estuvieron cocidas y en disposición de ser apartadas y peladas.

-¿Dónde estará vuestro padre? -dijo la señora Cratchit-. ¿Y vuestro hermano Tiny Tim? ¿Y Marta. que el año pasado, el día de Navidad. estaba aquí hace ya media hora?

-¡Aquí está Mazta, mamá! --dijo una muchacha. entrando al mismo tiempo que hablaba. -¡Aquí está Marta. mamá! -gritaron los dos Cratchit pequeños-. ¡Viva! ¡Tenemos un ganso, Marta!

-¿Pero, hija mía, cuánto has tardado? --dijo la señora Cratchit, besándola una docena de veces y quitándole et velo y el sombrero con sus propias manos, solícitamente.

-He tenido que terminar una labor para tener libre la mañana, mamá --- replicó ta muchacha. -Bueno; es que nunca creí que vinieses tan tarde. Acércate a la lumbre, hija mía, y caliéntate. ¡Dios te bendiga!

"No, no! There's father coming," cried the two young Cratchits, who were everywhere at once. "Hide, Martha, hide!"

So Martha hid herself, and in came little Bob, the father, with at least three feet of comforter exclusive of the fringe, hanging down before him; and his threadbare clothes darned up and brushed, to look seasonable; and Tiny Tim upon his shoulder. Alas for Tiny Tim, he bore a little crutch, and had his limbs supported by an iron frame!

"Why, where's our Martha?" cried Bob Cratchit, looking round.

"Not coming," said Mrs. Cratchit.

"Not coming!" said Bob, with a sudden declension in his high spirits; for he had been Tim's blood horse all the way from church, and had come home rampant. "Not coming upon Christmas Day!"

Martha didn't like to see him disappointed, if it were only in joke; so she came out prematurely from behind the closet door, and ran into his arms, while the two young Cratchits hustled Tiny Tim, and bore him off into the wash-house, that he might hear the pudding singing in the copper.

"And how did little Tim behave?" asked Mrs. Cratchit, when she had rallied Bob on his credulity, and Bob had hugged his daughter to his heart's content.

"As good as gold," said Bob, "and better. Somehow he gets thoughtful, sitting by himself so much, and thinks the strangest things you ever heard. He told me, coming home, that he hoped the people saw him in the church, because he was a cripple, and it might be pleasant to them to remember upon Christmas Day, who made lame beggars walk, and blind men see."

Bob's voice was tremulous when he told them this, and trembled more when he said that Tiny Tim was growing strong and hearty.

His active little crutch was heard upon the floor, and back came Tiny Tim before another word was spoken, escorted by his brother and sister to his stool before the fire; and while Bob, turning up his cuffs—as if, poor fellow, they were capable of being made more shabby—compounded some hot mixture in a jug with gin and lemons, and stirred it round and round and put it on the hob to simmer; Master Peter, and the two ubiquitous young Cratchits went to fetch the goose, with which they soon returned in high procession.

-¡No, no! ¡Ya viene papá! --.gritaron los dos pequeños Cratchit, que danzaban de un lado para otro-. ¡Escóndete. Marta, escóndete!

Escondióse Marta y entró Bob, el padre, con la bufanda colgándole lo menos tres pies por la parte anterior, y su traje muy usado, pero limpio y zurcido, de modo que presentaba un aspecto muy favorable. Traía sobre los hombros a Tiny Tim. ¡Pobre Tiny Tim! Tenía que llevar una pequeña muleta y los miembros sostenidos por un aparato metálico.

-¿Dónde está Marta? -gritó Bob Cratchit. mirando a su alrededor.

-No ha venido -dijo la señora Cratchit. -¡No ha venido! -dijo Bob, con una repentina desilusión en su entusiasmo, pues había sido el caballo de Tim al recorrer todo el camino desde la iglesia y había llegado a casa dando saltos-. ¡No haber venido. siendo el día de Navidad!

A Marta no le agradó ver a su padre desilusionado a causa de una broma, y salió prematuramente de detrás de la puerta, echándose en sus brazos, mientras los dos pequeños Cratchit empujaron a Tíny Tim y le llevaron a la cocina, para que oyese cantar el pudding en la cacerola.

-¿Y cómo se ha portado Tíny Tim? -preguntó la señora Cratchít, después de burlarse de la credulidad de Bob y cuando éste hubo estrechado a su hija contra su corazón.

-Muy bien -dijo Bob-, muy bien. Se ha hecho algo pensativo y se le ocurren las más extrañas cosas que ha oído. Al venir a casa me decía que quería que la gente le viese en la iglesia, porque él era un inválido, y sería muy agradable para todos recordar el día de Navidad al que había hecho andar a los cojos y había dado vista a los ciegos.

La voz de Bob era temblorosa al decir eso y tembló más cuando dijo que Tiny Tim crecía en fuerza y vigor.

Oyóse su activa muleta sobre el pavimento, y antes de que se oyera una palabra más, reapareció Tiny Tim escoltado por su hermano y su hermana, que le llevaron a su taburete junto a la lumbre. Mientras Bob, remangándose los puños -¡pobrecíllo!, como si fuese posible estropearlos más -, confeccionaba una mixtura con ginebra y limón y la agitaba una y otra vez, colocándola después en el antehogar para que cociese a fuego lento, master Pedro y los dos ubicuos Cratchit pequeños fueron en busca del ganso, con el cual aparecieron en seguida en solemne procesión:

Such a bustle ensued that you might have thought a goose the rarest of all birds; a feathered phenomenon, to which a black swan was a matter of course—and in truth it was something very like it in that house. Mrs. Cratchit made the gravy (ready beforehand in a little saucepan) hissing hot; Master Peter mashed the potatoes with incredible vigour; Miss Belinda sweetened up the apple-sauce; Martha dusted the hot plates; Bob took Tiny Tim beside him in a tiny corner at the table; the two young Cratchits set chairs for everybody, not forgetting themselves, and mounting guard upon their posts, crammed spoons into their mouths, lest they should shriek for goose before their turn came to be helped. At last the dishes were set on, and grace was said. It was succeeded by a breathless pause, as Mrs. Cratchit, looking slowly all along the carving-knife, prepared to plunge it in the breast; but when she did, and when the long expected gush of stuffing issued forth, one murmur of delight arose all round the board, and even Tiny Tim, excited by the two young Cratchits, beat on the table with the handle of his knife, and feebly cried Hurrah!

There never was such a goose. Bob said he didn't believe there ever was such a goose cooked. Its tenderness and flavour, size and cheapness, were the themes of universal admiration. Eked out by apple-sauce and mashed potatoes, it was a sufficient dinner for the whole family; indeed, as Mrs. Cratchit said with great delight (surveying one small atom of a bone upon the dish), they hadn't ate it all at last! Yet every one had had enough, and the youngest Cratchits in particular, were steeped in sage and onion to the eyebrows! But now, the plates being changed by Miss Belinda, Mrs. Cratchit left the room alone—too nervous to bear witnesses—to take the pudding up and bring it in.

Suppose it should not be done enough! Suppose it should break in turning out! Suppose somebody should have got over the wall of the back-yard, and stolen it, while they were merry with the goose—a supposition at which the two young Cratchits became livid! All sorts of horrors were supposed.

Hallo! A great deal of steam! The pudding was out of the copper. A smell like a washing-day! That was the cloth. A smell like an eating-house and a pastrycook's next door to each other, with a laundress's next door to that! That was the pudding! In half a minute Mrs. Cratchit entered—flushed, but smiling proudly—with the pudding, like a speckled cannon-ball, so hard and firm, blazing in half of half-a-quartern of ignited brandy, and bedight with Christmas holly stuck into the top.

Tal bullicio se produjo entonces, que creyérase al ganso la más rara de todas las aves, un fenómeno con plumas, ante el cual fuese cosa corriente un cisne negro, y en verdad que en aquella casa era ciertamente extraordinario. La señora Cratchit calentó la salsa (ya preparada en una cacerolita) ; master Pedro mojó las patatas con vigor increíble; la señorita Belinda endulzó la salsa de manzanas; Marta quitó el polvo a la vajilla; Bob sentó a Tíny Tim a su lado en una esquina de la mesa; los dos pequeños Cratchit pusieron sillas para todos, sin olvidarse de ellos mismos, y montando la guardia en sus puestos. se metieron la cuchara en la boca, para no gritar pidiendo el ganso antes de que llegara el momento de servirlo. Por fin se pusieron los platos, y se dijo una oración, a la que siguió una pausa, durante la cual no se oía respirar, cuando la señora Cratchit, examinando el trinchante, se disponía a hundirlo en la pechuga; pero cuando lo hizo y salió del interior del ganso un borbotón de relleno, un murmullo de placer se alzó alrededor de la mesa, y hasta Tíny Tim, animado por los pequeños Cratchit, golpeó en la mesa con el mango de su cuchillo y gritó débilmente: -¡Viva!

Nunca se vio ganso como aquél. Bob dijo que jamás creyó que pudiera existir un manjar tan delicioso. Su blandura y su aroma, su tamaño y su baratura fueron los temas de la admiración general; y añadiéndole la salsa de manzanas y las patatas deshechas, constituyó comida suficiente para toda la familia; en efecto, como la señora Cratchit dijo (al observar que había quedado un hueseçillo en el plato), no habían podido comérselo todo. Sin embargo, todos quedaron satisfechos, particularmente los Cratchit más pequeños, que tenían salsa hasta en las cejas. La señorita Belinda cambió los platos y la señora Cratchit salió del comedor muy nerviosa porque no quería que la viesen ir en busca del .pudding.

Entonces los comensales supusieron toda clase de horrores: que no estuviera todavía bastante hecho; que se rompiera al llevarlo a la mesa; que alguien hubiera escalado la pared del patio y lo hubiera robado, mientras estaban entusiasmados con el ganso... Ante esta suposición los dos pequeños Cratchit se pusieron pálidos.

¡Atención! ¡Una gran cantidad de vapor! El pastel estaba ya fuera del molde. Un olor a tela mojada. Era el paño que lo envolvía. Un olor apetitoso, que hacía recordar al fondista. al pastelero de la casa de al lado y a la planchadora. ¡Era el pudding!. A1 medio minuto entró la señora Cratchit con el rostro encendido, - pero sonriendo orgullosamente- con el pudding, que parecía una bala de cañón. duro y macizo, lanzando las llamas que producía la vigésima parte de media copa de aguardiente inflamado, y embellecido con una rama del árbol de Navidad clavada en la cúspide.

Oh, a wonderful pudding! Bob Cratchit said, and calmly too, that he regarded it as the greatest success achieved by Mrs. Cratchit since their marriage. Mrs. Cratchit said that now the weight was off her mind, she would confess she had had her doubts about the quantity of flour. Everybody had something to say about it, but nobody said or thought it was at all a small pudding for a large family. It would have been flat heresy to do so. Any Cratchit would have blushed to hint at such a thing.

At last the dinner was all done, the cloth was cleared, the hearth swept, and the fire made up. The compound in the jug being tasted, and considered perfect, apples and oranges were put upon the table, and a shovel-full of chestnuts on the fire. Then all the Cratchit family drew round the hearth, in what Bob Cratchit called a circle, meaning half a one; and at Bob Cratchit's elbow stood the family display of glass. Two tumblers, and a custard-cup without a handle.

These held the hot stuff from the jug, however, as well as golden goblets would have done; and Bob served it out with beaming looks, while the chestnuts on the fire sputtered and cracked noisily. Then Bob proposed:

"A Merry Christmas to us all, my dears. God bless us!"

Which all the family re-echoed.

"God bless us every one!" said Tiny Tim, the last of all.

He sat very close to his father's side upon his little stool. Bob held his withered little hand in his, as if he loved the child, and wished to keep him by his side, and dreaded that he might be taken from him.

"Spirit," said Scrooge, with an interest he had never felt before, "tell me if Tiny Tim will live."

"I see a vacant seat," replied the Ghost, "in the poor chimney-corner, and a crutch without an owner, carefully preserved. If these shadows remain unaltered by the Future, the child will die."

"No, no," said Scrooge. "Oh, no, kind Spirit! say he will be spared."

"If these shadows remain unaltered by the Future, none other of my race," returned the Ghost, "will find him here. What then? If he be like to die, he had better do it, and decrease the surplus population."

Scrooge hung his head to hear his own words quoted by the Spirit, and was overcome with penitence and grief.

¡Oh, admirable pudding! Bob Ccatchit dijo con toda seriedad que lo estimaba como el éxito más grande conseguido por la señora Cratchit desde que se casaron. La señora Cratchit dijo que no podía calcular lo que pesaba el pudding, y confesó que había tenido sus dudas acerca de la cantidad de harina. Todos tuvieron algo que decir respecto de él, pero ninguno dijo (ni lo pensó siquiera) que era un pudding pequeño para una familia tan numerosa. Ello habría sido una gran herejía. Los Cratchit hubiéranse ruborizado de insinuar semejante cosa.

Por fin se terminó la comida, alzóse el mantel, se limpió el hogar y se encendió fuego; y después de beber en el jarro el ponche confeccionado por Bob, y que se consideró excelente, pusiéronse sobre la mesa manzanas y naranjas y una pala llena de castañas sobre la lumbre. Después, toda la familia Cratchit se colocó alrededor del hogar, formando lo que Bob llamaba un círculo, queriendo decir semicírculo; y cerca de él se colocó toda la cristalería: dos vasos y una flanera sin mango.

No obstante, tales vasijas servían para beber el caliente ponche, tan bien como habrían servido copas de oro, y Bob lo sirvió con los ojos resplandecientes, mientras las castañas sobre la lumbre crujían y estallaban ruidosamente. Entonces Bob brindó:

-¡Felices Pascuas para todos nosotros, hijos míos, y que Díos nos bendiga!

Lo cual repitió toda la familia..

-¡Que Dios nos bendiga! -dijo Tiny Tim, el último de todos.

Estaba sentado, arrimadito a su padre, en su taburete. Bob puso la débil manecita del niño en la suya, con todo cariño, deseando retenerle junto a sí, como temiendo que se lo pudiesen arrebatar.

-Espíritu -dijo Scrooge, con un interés que nunca había sentido hasta entonces-. Decidme si Tiny Tim vivirá.

-Veo un asiento vacante -replicó el Espectro en la esquina del pobre hogar y una muleta sin dueño, cuidadosamente preservada. Si tales sombras permanecen inalteradas por el futuro, el niño morirá.

-¡No, no! --dijo Scrooge-. ¡Oh, no, Espíritu amable! Decid que se evitará esa muerte.

-Si tales sombras permanecen inalteradas por el futuro, ningún otro de mi raza -replicó el Espectro le encontrará aquí. ¿Y qué? Si él muere, hará bien, porque así disminuirá el exceso de población.

Scrooge bajó la cabeza al oír sus propias palabras, repetidas por el Espíritu, y se sintió abrumado por el arrepentimiento y el pesar.

"Man," said the Ghost, "if man you be in heart, not adamant, forbear that wicked cant until you have discovered What the surplus is, and Where it is. Will you decide what men shall live, what men shall die? It may be, that in the sight of Heaven, you are more worthless and less fit to live than millions like this poor man's child. Oh God! to hear the Insect on the leaf pronouncing on the too much life among his hungry brothers in the dust!"

Scrooge bent before the Ghost's rebuke, and trembling cast his eyes upon the ground. But he raised them speedily, on hearing his own name.

"Mr. Scrooge!" said Bob; "I'll give you Mr. Scrooge, the Founder of the Feast!"

"The Founder of the Feast indeed!" cried Mrs. Cratchit, reddening. "I wish I had him here. I'd give him a piece of my mind to feast upon, and I hope he'd have a good appetite for it."

"My dear," said Bob, "the children! Christmas Day."

"It should be Christmas Day, I am sure," said she, "on which one drinks the health of such an odious, stingy, hard, unfeeling man as Mr. Scrooge. You know he is, Robert! Nobody knows it better than you do, poor fellow!"

"My dear," was Bob's mild answer, "Christmas Day."

"I'll drink his health for your sake and the Day's," said Mrs. Cratchit, "not for his. Long life to him! A merry Christmas and a happy new year! He'll be very merry and very happy, I have no doubt!"

The children drank the toast after her. It was the first of their proceedings which had no heartiness. Tiny Tim drank it last of all, but he didn't care twopence for it. Scrooge was the Ogre of the family. The mention of his name cast a dark shadow on the party, which was not dispelled for full five minutes.

—Hombre —dijo el Espectro—, si sois hombre de corazón y no de piedra, prescindid de esa malvada hipocresía hasta que hayáis descubierto cuál es el exceso y dónde está. ¿Vais a decir cuáles hombres deben vivir y cuáles hombres deben morir? Quizás a los ojos de Dios vos sois más indigno y menos merecedor de vivir que millones de niños como el de ese pobre hombre. ¡Oh, Dios? ¡Oír al insecto sobre la hoja decidir acerca de la vida de sus hermanos hambrientos!

Scrooge se inclinó ante la represnión del Espíritu y, tembloroso, bajó la vista hacia el suelo. Pero la levantó rápidamente al oír pronunciar su nombre.

—¡El señor Scrooge! —dijo Bob—. ¡Brindemos por el señor Scrooge, que nos ha procurado esta fiesta! —En verdad que nos ha procurado esta fiesta— exclamó la señora Cratchit, sofocada—. Quisiera tenerle delante para que la celebrase, y estoy segura de que se le iba a abrir el apetito.

—¡Querida —dijo Bob—, los niños! Es el día de Navidad.

—Es preciso, en efecto, que sea el día de Navidad —dijo ella—, para beber a la salud de un hombre tan odioso, tan avaro, tan duro, tan insensible, como el señor Scrooge.. Ya le conoces, Roberto. Nadie le conoce mejor que tú, pobrecillo.

—Querida —fue la dulce respuesta de Bob—. Es el día de Navidad.

—Beberé a su salud por ti y por ser el día que es —dijo la señora Cratchit—, no por él. ¡Qué viva muchos años! ¡Que tenga Felices Pascuas y Feliz Año Nuevo! ¡El vivirá muy alegre y muy feliz, sin duda alguna!

Los niños brindaron también. Fue de todo lo que hicieron lo único que no tuvo cordialidad. Tiny Tím brindó el último de todos, pero sin poner la menor atención. Scrooge era el ogro de la familia. La sola mención de su nombre arrojó sobre los reunidos una sombra obscura, que no se disipó sino después de cinco minutos.

After it had passed away, they were ten times merrier than before, from the mere relief of Scrooge the Baleful being done with. Bob Cratchit told them how he had a situation in his eye for Master Peter, which would bring in, if obtained, full five-and-sixpence weekly. The two young Cratchits laughed tremendously at the idea of Peter's being a man of business; and Peter himself looked thoughtfully at the fire from between his collars, as if he were deliberating what particular investments he should favour when he came into the receipt of that bewildering income. Martha, who was a poor apprentice at a milliner's, then told them what kind of work she had to do, and how many hours she worked at a stretch, and how she meant to lie abed to-morrow morning for a good long rest; to-morrow being a holiday she passed at home. Also how she had seen a countess and a lord some days before, and how the lord "was much about as tall as Peter;" at which Peter pulled up his collars so high that you couldn't have seen his head if you had been there. All this time the chestnuts and the jug went round and round; and by-and-bye they had a song, about a lost child travelling in the snow, from Tiny Tim, who had a plaintive little voice, and sang it very well indeed.

There was nothing of high mark in this. They were not a handsome family; they were not well dressed; their shoes were far from being water-proof; their clothes were scanty; and Peter might have known, and very likely did, the inside of a pawnbroker's. But, they were happy, grateful, pleased with one another, and contented with the time; and when they faded, and looked happier yet in the bright sprinklings of the Spirit's torch at parting, Scrooge had his eye upon them, and especially on Tiny Tim, until the last.

By this time it was getting dark, and snowing pretty heavily; and as Scrooge and the Spirit went along the streets, the brightness of the roaring fires in kitchens, parlours, and all sorts of rooms, was wonderful. Here, the flickering of the blaze showed preparations for a cosy dinner, with hot plates baking through and through before the fire, and deep red curtains, ready to be drawn to shut out cold and darkness. There all the children of the house were running out into the snow to meet their married sisters, brothers, cousins, uncles, aunts, and be the first to greet them. Here, again, were shadows on the window-blind of guests assembling; and there a group of handsome girls, all hooded and fur-booted, and all chattering at once, tripped lightly off to some near neighbour's house; where, woe upon the single man who saw them enter—artful witches, well they knew it—in a glow!

Pasada aquella impresión, estuvieron diez veces más alegres que antes, al sentirse aliviados del maleficio causado por el nombre de Scrooge. Bob Cratchit les contó que tenía en perspectiva una colocación para master Pedro, que podría proporcionarle, si la conseguía, cinco chelines y seis peniques semanales. Los dos pequeños Cratchít rieron atrozmente ante la idea de ver a Pedro hecho un hombre de negocios, y el mismo Pedro miró pensativamente al fuego, sacando la cabeza entre las dos puntas del cuello, como si reflexionara sobre la notable investidura de que gozaría cuando llegase a percibir aquel enorme ingreso. Marta, que era una pobre aprendiza en un taller de modista, les contó la clase de labor que tenía que hacer y cómo algunos días trabajaba muchas horas seguidas. Dijo que al día siguiente pensaba levantarse tarde de la cama, pues era un día festivo que iba a pasar en casa. Contó que hacía pocos días había visto a una condesa con un lord y que el lord era casi tan alto como Pedro, y éste, al oírlo, se alzó tanto el cuello, que, si hubierais estado presentes, no habríais podido verle la cabeza. Durante: todo este tiempo no cesaron de comer castañas y beber ponche, y de aquí a poco escucharon una canción referente a un niño perdido que caminaba por la nieve, cantada por Tiny Tim, que tenía una quejumbrosa vocecita, y la cantó muy bien, ciertamente.

Nada había de aristocrático en aquella familia. Sus individuos no eran hermosos, no estaban bien vestidos, sus zapatos hallábanse muy lejos de ser impermeables, sus ropas eran escasas, y Pedro conocería muy probablemente el interior de las prenderías. Pero eran dichosos, agradables, se querían mutuamente y estaban contentos con su suerte; y cuando ya se desvanecían ante Scrooge, pareciendo más felices a los brillantes destellos da la antorcha del Espíritu al partir, Scrooge los miró atentamente, sobre todo a Tinp Tim, de quien no apartó la mirada hasta el último instante.

Mientras tanto, había anochecido y nevaba copiosamente; y conforme Scrooge y el Espíritu recorrían las calles, la claridad de la lumbre en las cocinas, cn los comedores y en toda clase de habitaciones era admirable. Aquí, el temblor de la llama mostraba los preparativos de una gran comida familiar, con fuentes que trasladaban de una parte a otra junto a la lumbre, y espesas cortinas rojas, prontas a caer para ahuyentar el frío y la obscuridad. Allá, todos los niños de la casa salían corriendo sobre la nieve al encuentro de sus hermanas casadas, de sus hermanos, de sus primos; de sus tíos, de sus tías, para ser los primeros en saludarles. En otra parte, veíanse en la ventana las sombras de los comensales reunidos; y más allá, un grupo de hermosas muchachas, todas con caperuzas y con botas de abrigo y charlando todas a la vez, marchaban alegremente a alguna casa cercana. ¡Infeliz del soltero (las astutas hechiceras bien lo sabían) , que entonces las hubiera visto entrar, con la tez encendida por el frío!

But, if you had judged from the numbers of people on their way to friendly gatherings, you might have thought that no one was at home to give them welcome when they got there, instead of every house expecting company, and piling up its fires half-chimney high. Blessings on it, how the Ghost exulted! How it bared its breadth of breast, and opened its capacious palm, and floated on, outpouring, with a generous hand, its bright and harmless mirth on everything within its reach! The very lamplighter, who ran on before, dotting the dusky street with specks of light, and who was dressed to spend the evening somewhere, laughed out loudly as the Spirit passed, though little kenned the lamplighter that he had any company but Christmas!

And now, without a word of warning from the Ghost, they stood upon a bleak and desert moor, where monstrous masses of rude stone were cast about, as though it were the burial-place of giants; and water spread itself wheresoever it listed, or would have done so, but for the frost that held it prisoner; and nothing grew but moss and furze, and coarse rank grass. Down in the west the setting sun had left a streak of fiery red, which glared upon the desolation for an instant, like a sullen eye, and frowning lower, lower, lower yet, was lost in the thick gloom of darkest night.

"What place is this?" asked Scrooge.

"A place where Miners live, who labour in the bowels of the earth," returned the Spirit. "But they know me. See!"

A light shone from the window of a hut, and swiftly they advanced towards it. Passing through the wall of mud and stone, they found a cheerful company assembled round a glowing fire. An old, old man and woman, with their children and their children's children, and another generation beyond that, all decked out gaily in their holiday attire. The old man, in a voice that seldom rose above the howling of the wind upon the barren waste, was singing them a Christmas song—it had been a very old song when he was a boy—and from time to time they all joined in the chorus. So surely as they raised their voices, the old man got quite blithe and loud; and so surely as they stopped, his vigour sank again.

Si hubierais juzgado por el número de personas que iban a reunirse con sus amigos, habríais pensado que no quedaba nadie en las casas para recibirlas cuando llegasen, aunque ocurría lo contrario: en todas las casas se esperaban visitas y se preparaba el combustible en la chimenea. ¡Cuán satisfecho estaba el Espectro! ¡Cómo desnudaba la amplitud de su pecho y abría su espaciosa mano, derramando con generosidad su luciente y sana alegría sobre todo cuanto se hallaba a su alcance! El mismo farolero, que corría delante de él salpicando las sombrías calles con puntos de luz, y que iba vestido como para pasar la noche en alguna parte, se echó a reír a carcajadas cuando pasó el Espíritu por su lado, aunque fácilmente se adivinaba que el farolero ignoraba que su compañero del momento era la Navidad en persona.

De pronto, sin una palabra de advertencia por parte del Espectro, halláronse en una fría y desierta región pantanosa. en la que había derrumbadas monstruosas masas de piedra, como si fuera un cementerio de gigantes: el agua se derramaba por dondequiera, es decir, se habría derramado, a no ser por la escarcha que la aprisionaba, y nada había crecido sino el moho, la retama y una áspera hierba. En la concavidad del Oeste, el sol poniente había dejado una ardiente franja roja que fulguró sobre aquella desolación durante un momento, como un ojo sombrío que, tras el párpado, fuese bajando, bajando, bajando, hasta perderse en las densas tinieblas de la obscura noche.

-¿Qué sitio es éste? -preguntó Scrooge. -Un sitio donde viven los mineros, que trabajan en las entrañas de la tierra --contestó el Espíritu-. Pero me conocen. ¡Mirad!

Brillaba una luz en la ventana de una choza y rápidamente se dirigieron hacía ella. Pasando a través de la pared de piedra y barro, hallaron una alegre reunión alrededor de un fuego resplandeciente , un hombre muy viejo y su mujer, con sus hijos y los hijos de sus hijos y parientes de otra generación más, todos con alegres adornos en su atavío de fiesta. El anciano, con una voz que rara vez se distinguía entre los rugidos del viento sobre la desolada región, entonaba una canción de Navidad, que ya era una vieja canción cuando él era un muchacho, y de vez en cuando todos los demás se le uníán al coro. Cuando ellos levantaban sus voces, el anciano hacía lo mismo y sentíase con nuevo vigor, y cuando ellos se detenían en el canto, el vigor del anciano decaía de nuevo.

The Spirit did not tarry here, but bade Scrooge hold his robe, and passing on above the moor, sped—whither? Not to sea? To sea. To Scrooge's horror, looking back, he saw the last of the land, a frightful range of rocks, behind them; and his ears were deafened by the thundering of water, as it rolled and roared, and raged among the dreadful caverns it had worn, and fiercely tried to undermine the earth.

Built upon a dismal reef of sunken rocks, some league or so from shore, on which the waters chafed and dashed, the wild year through, there stood a solitary lighthouse. Great heaps of sea-weed clung to its base, and storm-birds—born of the wind one might suppose, as sea-weed of the water—rose and fell about it, like the waves they skimmed.

But even here, two men who watched the light had made a fire, that through the loophole in the thick stone wall shed out a ray of brightness on the awful sea. Joining their horny hands over the rough table at which they sat, they wished each other Merry Christmas in their can of grog; and one of them: the elder, too, with his face all damaged and scarred with hard weather, as the figure-head of an old ship might be: struck up a sturdy song that was like a Gale in itself.

Again the Ghost sped on, above the black and heaving sea—on, on—until, being far away, as he told Scrooge, from any shore, they lighted on a ship. They stood beside the helmsman at the wheel, the look-out in the bow, the officers who had the watch; dark, ghostly figures in their several stations; but every man among them hummed a Christmas tune, or had a Christmas thought, or spoke below his breath to his companion of some bygone Christmas Day, with homeward hopes belonging to it. And every man on board, waking or sleeping, good or bad, had had a kinder word for another on that day than on any day in the year; and had shared to some extent in its festivities; and had remembered those he cared for at a distance, and had known that they delighted to remember him.

El Espíritu no se detuvo allí, sino que dejó a Scrooge que se agarrase a su vestidura y, cruzando sobre la región pantanosa, se dirigió... ¿adónde? ¿No sería al mar? Pues, sí, al mar. Horrorizado, Scxooge vio que se acababa la tierra y contempló una espantosa serie de rocas detrás de ellos, y ensordeció sus oídos el fragor del agua, que rodaba y rugía y se encrespaba entre medrosas cavernas abiertas por ella y furiosamente trataba de socavar la tierra.

Edificado sobre un lúgubre arrecife de las escarpadas rocas, próximamente a una legua de la orilla, y sobre el cual se lanzaban las aguas irritadas durante todo el año, se erguía un faro solitario. Grandes cantidades de algas colgaban hasta su base, y pájaros de las tormentas -nacidos del viento, se puede suponer, como las algas nacen del agua- subían y bajaban en torno de él como las olas que ellos rozaban con las alas.

Pero aun allí, dos hombres que cuidaban del faro habían encendido una hoguera que, a través de la tronera abierta en el espeso muro de piedra, lanzaba un rayo de luz resplandeciente sobre el mar terrible. Los dos hombres, estrechándose las callosas manos por encima de la tosca mesa a la cual hallábanse sentados, se deseaban mutuamente Felices Pascuas al beber su jarro de ponche, y uno de ellos, el más viejo, que tenía la cara curtida y destrozada por los temporales como pudiera estarlo el mascarón de proa de un barco viejo, rompió en una robusta canción, semejante al cantar del viento.

De nuevo siguió adelante el Espectro, por encima del negro y agitado mar -adelante, adelante-, hasta que, hallándose muy lejos, según dijo a Scrooge, de todas las orillas, descendieron sobre un buque. Colocáronse tan pronto junto al timonel, que estaba en su puesto, tan pronto junto al vigía en la proa, o junto a los oficiales de guardia, obscuras y fantásticas figuras en sus varias posiciones; pero todos ellos tarareaban una canción de Navidad o tenían un pensamiento propio de Navidad. o hablaban en voz baja a su compañero de algún día de Navidad ya pasado, con recuerdos del hogar referentes a él. Y todos cuantos se hallaban a bordo, despiertos o dormidos, buenos o malos, habían tenido para los demás una palabra más cariñosa aquel día que otro cualquiera del año, y habían tratado extensamente de aquella festividad, y habían recordado a las personas queridas a través de la distancia y habían sabido que ellas tenían un placer en . recordarlos.

It was a great surprise to Scrooge, while listening to the moaning of the wind, and thinking what a solemn thing it was to move on through the lonely darkness over an unknown abyss, whose depths were secrets as profound as Death: it was a great surprise to Scrooge, while thus engaged, to hear a hearty laugh. It was a much greater surprise to Scrooge to recognise it as his own nephew's and to find himself in a bright, dry, gleaming room, with the Spirit standing smiling by his side, and looking at that same nephew with approving affability!

"Ha, ha!" laughed Scrooge's nephew. "Ha, ha, ha!"

If you should happen, by any unlikely chance, to know a man more blest in a laugh than Scrooge's nephew, all I can say is, I should like to know him too. Introduce him to me, and I'll cultivate his acquaintance.

It is a fair, even-handed, noble adjustment of things, that while there is infection in disease and sorrow, there is nothing in the world so irresistibly contagious as laughter and good-humour. When Scrooge's nephew laughed in this way: holding his sides, rolling his head, and twisting his face into the most extravagant contortions: Scrooge's niece, by marriage, laughed as heartily as he. And their assembled friends being not a bit behindhand, roared out lustily.

"Ha, ha! Ha, ha, ha, ha!"

"He said that Christmas was a humbug, as I live!" cried Scrooge's nephew. "He believed it too!"

"More shame for him, Fred!" said Scrooge's niece, indignantly. Bless those women; they never do anything by halves. They are always in earnest.

She was very pretty: exceedingly pretty. With a dimpled, surprised-looking, capital face; a ripe little mouth, that seemed made to be kissed—as no doubt it was; all kinds of good little dots about her chin, that melted into one another when she laughed; and the sunniest pair of eyes you ever saw in any little creature's head. Altogether she was what you would have called provoking, you know; but satisfactory, too. Oh, perfectly satisfactory.

"He's a comical old fellow," said Scrooge's nephew, "that's the truth: and not so pleasant as he might be. However, his offences carry their own punishment, and I have nothing to say against him."

"I'm sure he is very rich, Fred," hinted Scrooge's niece. "At least you always tell me so."

"What of that, my dear!" said Scrooge's nephew. "His wealth is of no use to him. He don't do any good with it. He don't make himself comfortable with it. He hasn't the satisfaction of thinking—ha, ha, ha!—that he is ever going to benefit US with it."

"I have no patience with him," observed Scrooge's niece. Scrooge's niece's sisters, and all the other ladies, expressed the same opinion.

Sorprendióse grandemente Scrooge mientras escuchaba el bramido del viento y pensaba qué solemnidad tiene su movimiento a través de la aislada obscuridad sobre un ignorado abismo, cuyas honduras son secretos tan profundos como la muerte; sorprendióse grandemente Scrooge cuando, reflexionando así, oyó una estruendosa carcajada. Pero se sorprendió mucho más al reconocer que aquella risa era de su sobrino, y al encontrarse en una habitación clara, seca y luminosa, con el Espíritu sonriendo a su lado y mirando a su propio sobrino con aprobadora afabilidad.

-¡Ja, ja! -rió el sobrino de Scrooge-. ¡Ja, ja, ja!

Si por una inverosímil probabilidad sucediera que conocieseis un hombre de risa más sana que et sobrino de Scrooge, me agradaría mucho conocerle. Presentadme a él y cultivaré su amistad.

Es cosa admirable, demostradora del exacto mecanismo de las cosas, que así como hay contagio en la enfermedad y en la tristeza, no hay nada en el mundo tan irresistiblemente contagioso como la risa y el buen humor. Cuando el sobrino de Scrooge se echó a reír de esta manera, sujetándose las caderas, dando vueltas a la cabeza y haciendo muecas, con las más extravagantes contorsiones, la sobrina de Scrooge, sobrina política, se echó a reír tan cordialmente como él. Y los amigos que se hallaban con ellos también rieron ruidosamente.

-¡Ja, ja! ¡Ja, ja, ja!

-¡Dijo que la Navidad era una paparrucha, como tengo que morirme! -gritó el sobrino de Scrooge-. ¡Y lo creía!

-¡Qué vergüenza para él! -dijo la sobrina de Scrooge, indignada.

Era muy linda, extraordinariamente linda, de cara agradable y cándida, de sazonada boquita, que parecía hecha para ser besada, como lo era, sin duda; con toda clase de hermosos hoyuelos en la barbilla, que se mezclaban unos con otros cuando se reía, y con los dos ojos más esplendorosos que jamás habéis visto en una cabecita humana. Era enteramente lo que habrían llamado provocativa, pero intachable. ¡Oh, perfectamente intachable!

-Es un individuo cómico -dijo el sobrino de Scrooge-; eso es verdad, y no tan agradable como debiera ser. Sin embargo, sus deectos llevan el castigo de ellos mismos, y yo no tengo nada que decir contra él.

-Sé que es muy rico, Fred -insinuó la sobrina de Scrooge-. Al menos siempre me has dicho que lo era.

-¿Y qué, amada mía? -dijo el sobrino-. Su riqueza es inútil para él. No hace nada bueno con ella. No se procura comodidades con ella. No ha tenido la satisfacción de pensar -¡ja, ja, ja!- que va a beneficiarnos con ella.

-Me falta la paciencia con él -indicó la sobrina de Scrooge. Las hermanas de la sobrina de Scrooge y todas las demás señoras expresaron la misma opinión.

"Oh, I have!" said Scrooge's nephew. "I am sorry for him; I couldn't be angry with him if I tried. Who suffers by his ill whims! Himself, always. Here, he takes it into his head to dislike us, and he won't come and dine with us. What's the consequence? He don't lose much of a dinner."

"Indeed, I think he loses a very good dinner," interrupted Scrooge's niece. Everybody else said the same, and they must be allowed to have been competent judges, because they had just had dinner; and, with the dessert upon the table, were clustered round the fire, by lamplight.

"Well! I'm very glad to hear it," said Scrooge's nephew, "because I haven't great faith in these young housekeepers. What do you say, Topper?"

Topper had clearly got his eye upon one of Scrooge's niece's sisters, for he answered that a bachelor was a wretched outcast, who had no right to express an opinion on the subject. Whereat Scrooge's niece's sister—the plump one with the lace tucker: not the one with the roses—blushed.

"Do go on, Fred," said Scrooge's niece, clapping her hands. "He never finishes what he begins to say! He is such a ridiculous fellow!"

Scrooge's nephew revelled in another laugh, and as it was impossible to keep the infection off; though the plump sister tried hard to do it with aromatic vinegar; his example was unanimously followed.

"I was only going to say," said Scrooge's nephew, "that the consequence of his taking a dislike to us, and not making merry with us, is, as I think, that he loses some pleasant moments, which could do him no harm. I am sure he loses pleasanter companions than he can find in his own thoughts, either in his mouldy old office, or his dusty chambers. I mean to give him the same chance every year, whether he likes it or not, for I pity him. He may rail at Christmas till he dies, but he can't help thinking better of it—I defy him—if he finds me going there, in good temper, year after year, and saying Uncle Scrooge, how are you? If it only puts him in the vein to leave his poor clerk fifty pounds, that's something; and I think I shook him yesterday."

It was their turn to laugh now at the notion of his shaking Scrooge. But being thoroughly good-natured, and not much caring what they laughed at, so that they laughed at any rate, he encouraged them in their merriment, and passed the bottle joyously.

-¡Oh! -dijo. el sobrino de Scrooge-. Yo lo siento por él. No puedo irritarme contra él aunque quiera. ¿Quién sufre con sus genialidades? Siempre él. Se le ha metido en la cabeza no complacernos y no quiere venir a comer con nosotros. ¿Cuál es la consecuencia? Es verdad que perder una mala comida no es perder mucho.

-Pues yo creo que ha perdido una buena comida -interrumpió la sobrina de Scrooge. Todos los demás dijeron lo mismo, y se les debía considerar como jueces competentes, porque en aquel momento acababan de comerla; los postres estaban ya sobre la mesa, y todos habíanse reunido alrededor de la lumbre.

-¿Bueno! Me alegra mucho oírlo -dijo el sobrino de Scrooge-, porque no tengo mucha confianza en estas jóvenes amas de casa. ¿Qué opinas, Topper?

Topper tenía francamente fijos los ojos en una de las hermanas de la sobrina de Scrooge, y contestó que un soltero era un infeliz paria que no tenía derecho a emitir su opinión respecto del asunto; y en seguida la hermana de la sobrina de Scrooge -la regordeta, con el camisolín de encaje, no la de las rosas- se ruborizó.

-Continúa, Fred -dijo la sobrina de Scrooge, palmoteando-. Ese nunca termina lo que empieza a decir. ¡Es un muchacho ridículo!

El sobrino de Scrooge soltó otra carcajada, y como era imposible evitar el contagio, aunque la hermana regordeta trató con dificultad de hacerlo, oliendo vinagre aromático, el ejemplo de él fue seguido unánimemente.

Solamente iba a decir -continuó el sobrino de Scrooge- que la consecuencia de disgustarse con nosotros y no divertirse con nosotros es, según creo, que pierde algunos momentos agradables que no le habrían perjudicado. Estoy seguro de que pierde más agradables compañeros que los que puede encontrar en sus propios pensamientos, en su viejísimo despacho o en sus polvorientas habitaciones. Me propongo darle igual ocasión todos los años, le agrade o no le agrade, porque le compadezco. Que se burle de la Navidad hasta que se muera; pero no puede menos de pensar mejor de ella, le desafío, si se encuentra conmigo de buen humor, año tras año, diciéndole: "Tío Scrooge, ¿cómo estáis?" Si sólo eso le hace dejar a su pobre dependiente cincuenta libras, ya es algo; y creo que ayer le conmoví.

Al oír que había conmovido a Scrooge, rieron los demás. Pero como Fred tenía corazón sencillo y no se preocupaba mucho del motivo de la risa con tal de ver alegres a los demás, el sobrino de Scrooge les animó a divertirse, haciendo circular la botella alegremente.

After tea, they had some music. For they were a musical family, and knew what they were about, when they sung a Glee or Catch, I can assure you: especially Topper, who could growl away in the bass like a good one, and never swell the large veins in his forehead, or get red in the face over it. Scrooge's niece played well upon the harp; and played among other tunes a simple little air (a mere nothing: you might learn to whistle it in two minutes), which had been familiar to the child who fetched Scrooge from the boarding-school, as he had been reminded by the Ghost of Christmas Past. When this strain of music sounded, all the things that Ghost had shown him, came upon his mind; he softened more and more; and thought that if he could have listened to it often, years ago, he might have cultivated the kindnesses of life for his own happiness with his own hands, without resorting to the sexton's spade that buried Jacob Marley.

But they didn't devote the whole evening to music. After a while they played at forfeits; for it is good to be children sometimes, and never better than at Christmas, when its mighty Founder was a child himself. Stop! There was first a game at blind-man's buff. Of course there was. And I no more believe Topper was really blind than I believe he had eyes in his boots. My opinion is, that it was a done thing between him and Scrooge's nephew; and that the Ghost of Christmas Present knew it. The way he went after that plump sister in the lace tucker, was an outrage on the credulity of human nature. Knocking down the fire-irons, tumbling over the chairs, bumping against the piano, smothering himself among the curtains, wherever she went, there went he! He always knew where the plump sister was. He wouldn't catch anybody else. If you had fallen up against him (as some of them did), on purpose, he would have made a feint of endeavouring to seize you, which would have been an affront to your understanding, and would instantly have sidled off in the direction of the plump sister. She often cried out that it wasn't fair; and it really was not. But when at last, he caught her; when, in spite of all her silken rustlings, and her rapid flutterings past him, he got her into a corner whence there was no escape; then his conduct was the most execrable. For his pretending not to know her; his pretending that it was necessary to touch her head-dress, and further to assure himself of her identity by pressing a certain ring upon her finger, and a certain chain about her neck; was vile, monstrous! No doubt she told him her opinion of it, when, another blind-man being in office, they were so very confidential together, behind the curtains.

Después del té hubo un poco de música, pues formaban una familia de músicos, y os aseguro que eran entendidos. especialmente Topper, que hizo sonar el bajo como los buenos, sin que se le hincharan las venas de la frente ni se le pusiera roja la cara. La sobrina de Scrooge tocó bien el arpa, y entre otras piezas tocó un aria sencilla (una nonada; aprenderíais a tararearla en dos minutos), que había sido la canción favorita de la niña, que sacó Scrooge de la escuela, como recordó el Espectro de la Navidad Pasada. Cuando sonó aquella música, todas las cosas que el Espectro habíale mostrado se agolparon a la imaginación de Scrooge; se enterneció más y más, y pensó que si hubiera escuchado aquello con frecuencia años antes, podía haber cultivado la bondad de la vida con sus propias manos para su felicidad, sin recurrir a la azada del sepulturero que enterró a Jacob Marley.

Pero no dedicaron toda la noche a la música. Al poco rato jugaron a las prendas, pues es bueno sentirse niños algunas veces, y nunca mejor que en Navidad, cuando su mismo poderoso fundador era un niño. ¿Basta? Luego se jugó a la gallina ciega, y, sin duda, alguien parecía no ver. Y tan pronto creo que Topper estaba realmente ciego, como creo que tenía ojos hasta en las botas. Mi opinión es que había acuerdo entre él y el sobrino de Scrooge, y que el Espectro de la Navidad Presente lo sabía. Su proceder respecto a la hermana regordeta, la del camisolín de encaje. era un ultraje a la credulidad de la naturaleza humana. Dando puntapiés a los utensilios del hogar, tropezando con las sillas, chocando contra el piano, metiendo la cabeza entre los cortinones, adondequiera que fuese ella, siempre ocurría lo mismo. Siempre sabía dónde estaba la hermana regordeta. Nunca cogía a otra cualquiera. Si os hubierais puesto delante de él (como hicieron algunos de ellos) con intención, habría fingido que iba a apoderarse de vosotros, lo cual habría sido una afrenta para vuestra comprensión, e instantáneamente se habría ladeado en dirección de la hermana regordeta. A menudo gritaba ella que eso no estaba bien, y realmente no lo estaba. Pero cuando por fin la cogió; cuando, a pesar de todos los crujidos de la seda y de los rápidos revoloteos de ella para huir, consiguió alcanzarla en un rincón donde no tenía escape, entonces su conducta fue verdaderamente execrable. Porque, con el pretexto de no conocerla, juzgó necesario tocar su cofia y además asegurarse de su identidad oprimiendo cierto anillo que tenía en un dedo y cierta cadena que le rodeaba el cuello; ¡todo eso era vil, monstruoso! Sin duda ella le dijo su opinión respecto de ello, pues cuando le correspondió a otro ser el ciego, ambos se hallaban contándose sus confidencias detrás de un cortinón.

Scrooge's niece was not one of the blind-man's buff party, but was made comfortable with a large chair and a footstool, in a snug corner, where the Ghost and Scrooge were close behind her. But she joined in the forfeits, and loved her love to admiration with all the letters of the alphabet. Likewise at the game of How, When, and Where, she was very great, and to the secret joy of Scrooge's nephew, beat her sisters hollow: though they were sharp girls too, as Topper could have told you. There might have been twenty people there, young and old, but they all played, and so did Scrooge; for wholly forgetting in the interest he had in what was going on, that his voice made no sound in their ears, he sometimes came out with his guess quite loud, and very often guessed quite right, too; for the sharpest needle, best Whitechapel, warranted not to cut in the eye, was not sharper than Scrooge; blunt as he took it in his head to be.

The Ghost was greatly pleased to find him in this mood, and looked upon him with such favour, that he begged like a boy to be allowed to stay until the guests departed. But this the Spirit said could not be done.

"Here is a new game," said Scrooge. "One half hour, Spirit, only one!"

It was a Game called Yes and No, where Scrooge's nephew had to think of something, and the rest must find out what; he only answering to their questions yes or no, as the case was. The brisk fire of questioning to which he was exposed, elicited from him that he was thinking of an animal, a live animal, rather a disagreeable animal, a savage animal, an animal that growled and grunted sometimes, and talked sometimes, and lived in London, and walked about the streets, and wasn't made a show of, and wasn't led by anybody, and didn't live in a menagerie, and was never killed in a market, and was not a horse, or an ass, or a cow, or a bull, or a tiger, or a dog, or a pig, or a cat, or a bear. At every fresh question that was put to him, this nephew burst into a fresh roar of laughter; and was so inexpressibly tickled, that he was obliged to get up off the sofa and stamp. At last the plump sister, falling into a similar state, cried out:

"I have found it out! I know what it is, Fred! I know what it is!"

"What is it?" cried Fred.

"It's your Uncle Scro-o-o-o-oge!"

Which it certainly was. Admiration was the universal sentiment, though some objected that the reply to "Is it a bear?" ought to have been "Yes;" inasmuch as an answer in the negative was sufficient to have diverted their thoughts from Mr. Scrooge, supposing they had ever had any tendency that way.

La sobrina de Scrooge no tomaba parte en el ,juego de la gallina ciega; permanecía sentada en una butaca con un taburete a los pies en un cómodo rincón de la estancia, donde el Espectro y Scrooge estaban en pie detrás de ella; pero participaba en el juego de prendas, y era de admirar particularmente en el juego de ¿cómo os gusta?, combinación amorosa con todas las letras del alfabeto, y la misma habilidad demostró en el de ¿cómo, dónde y cuándo?, y, con gran alegría interior del sobrino de Scrooge, derrotaba completamente a todas sus hermanas, aunque éstas no eran tontas, como hubiera podido deciros Topper. Habría allí veinte personas, jóvenes y viejos; pero todos jugaban, y lo mismo hizo Scrooge, quien. olvidando enteramente (tanto se interesaba por aquella escena) que su voz no sonaba en los oídos de nadie, decía en alta voz las palabras que había que adivinar, y muy a menudo acertaba, pues la aguja más afilada, la mejor Whitechapel, con la garantía de no cortar el hilo, no era más aguda que Scrooge, aunque le conviniera aparecer obtuso ante el mundo.

Al Espectro le agradaba verle de tan buen humor, y le miró con tal benevolencia, que Scrooge le suplicó, como lo hubiera hecho un niño, que se quedase allí, hasta que se fuesen los convidados. Pero el Espíritu le dijo que no era posible.

-He aquí un nuevo juego -dijo Scrooge-. ¡Media hora, Espíritu, sólo media hora!

Era un juego llamado sí y no, en el cual el sobrino de Scrooge debía pensar una cosa y los demás adivinar lo que pensaba, contestando a sus preguntas solamente sí o no, según el caso. El vivo juego de preguntas a que estaba expuesto le hizo decir que pensaba en un animal, en un animal viviente, más bien un animal desagradable, un animal salvaje, un animal que unas veces rugía y gruñía y otras veces hablaba, que vivía en Londres y se paseaba por las calles, que no se enseñaba por dinero, que nadie le conducía, que no vivía en una casa de fieras, que nunca se llevaba al matadero, y que no era un caballo, ni un asno, ni una vaca, ni un toro, ni un tigre, ni un perro. ni un cerdo, ni un gato, ni un oso. A cada nueva pregunta que se le dirigía, el sobrino soltaba una nueva carcajada, y llegó a tal extremo su júbilo, que se vio obligado a dejar el sofá y echarse en el suelo. Al fin, la hermana regordeta, presa también de una risa loca, exclamó:

-¡He dado con ello! ¿Ya sé lo que es, Fred! ¡Ya sé lo que es!

-¿Qué es? -preguntó Fred.

-¿Es vuestro tío Scro-o-o-ge!

Eso era, efectivamente. La admiración fue el sentimiento general, aunque algunos hicieron notar que la respuesta a la pregunta "¿Es un oso?" debió ser "Sí", tanto más cuanto que una respuesta negativa bastó para apartar sus pensamientos de Scrooge, suponiendo que se hubiera dirigido a él desde luego.

"He has given us plenty of merriment, I am sure," said Fred, "and it would be ungrateful not to drink his health. Here is a glass of mulled wine ready to our hand at the moment; and I say, 'Uncle Scrooge!' "

"Well! Uncle Scrooge!" they cried.

"A Merry Christmas and a Happy New Year to the old man, whatever he is!" said Scrooge's nephew. "He wouldn't take it from me, but may he have it, nevertheless. Uncle Scrooge!"

Uncle Scrooge had imperceptibly become so gay and light of heart, that he would have pledged the unconscious company in return, and thanked them in an inaudible speech, if the Ghost had given him time. But the whole scene passed off in the breath of the last word spoken by his nephew; and he and the Spirit were again upon their travels.

Much they saw, and far they went, and many homes they visited, but always with a happy end. The Spirit stood beside sick beds, and they were cheerful; on foreign lands, and they were close at home; by struggling men, and they were patient in their greater hope; by poverty, and it was rich. In almshouse, hospital, and jail, in misery's every refuge, where vain man in his little brief authority had not made fast the door, and barred the Spirit out, he left his blessing, and taught Scrooge his precepts.

It was a long night, if it were only a night; but Scrooge had his doubts of this, because the Christmas Holidays appeared to be condensed into the space of time they passed together. It was strange, too, that while Scrooge remained unaltered in his outward form, the Ghost grew older, clearly older. Scrooge had observed this change, but never spoke of it, until they left a children's Twelfth Night party, when, looking at the Spirit as they stood together in an open place, he noticed that its hair was grey.

"Are spirits' lives so short?" asked Scrooge.

"My life upon this globe, is very brief," replied the Ghost. "It ends to-night."

"To-night!" cried Scrooge.

"To-night at midnight. Hark! The time is drawing near."

The chimes were ringing the three quarters past eleven at that moment.

"Forgive me if I am not justified in what I ask," said Scrooge, looking intently at the Spirit's robe, "but I see something strange, and not belonging to yourself, protruding from your skirts. Is it a foot or a claw?"

-Ha contribuido en gran manera a divertirnos- dijo Fred- y seríamos ingratos si no bebiéramos a su salud. Y puesto que todos tenemos en la mano un vaso de ponche con vino. yo digo: ¡Por el tío Scrooge!

-¡Bien! ¿Por el tío Scrooge! -exclamaron todos.

-¡Felices Pascuas y feliz Año Nuevo al viejo, sea lo que fuere! -dijo el sobrino de Scrooge-. No aceptaría él tal felicitación saliendo de mis labios, pero que la reciba, sin embargo. ¡Por el tío Scrooge!

E1 tío Scrooge habíase dejado poco a poco conquistar de tal modo por el júbilo general, y sentía tan ligero su corazón, que hubiera correspondido al brindis de la reunión, aunque ésta no podía advertir su presencia, dándole las gracias , en un discurso que nadie habría oído, si el Espectro le hubiera dado tiempo. Pero toda la escena desapareció con el sonido de la última palabra pronunciada por su sobrino, y Scrooge y el Espíritu continuaron su viaje.

Vieron muchos países, fueron muy lejos y visitaron muchos hogares, y siempre con feliz resultado. El Espíritu se colocaba junto al lecho de los enfermos; y ellos se sentían dichosos: si visitaba a los que se hallaban en país extranjero, creíanse en su patria; si a los que luchaban contra la suerte, sentíanse resignados y llenos de esperanza; si se acercaba a los pobres, se imaginaban ricos. En las casas de caridad, en los hospitales, en las cárceles, en todos los refugios de la miseria, donde el hombre, orgulloso de su efímera autoridad. no había podido prohibir la entrada y cerrar la puerta, al Espíritu dejaba su bendición e instruía a Scrooge en sus preceptos.

Fue una larga noche, si es que todo aquello sucedió en una sola noche; pero Scrooge dudó de ello, porque le parecía que se habían condensado varias Navidades en el espacio de tiempo que pasaron juntos. Era extraño, sin embargo, que mientras Scrooge no experimentaba modificación en su forma exterior, el Espectro se hacía más viejo, visiblemente más viejo. Scrooge había advertido tal cambio, pero nunca dijo nada, hasta que al salir de una reunión infantil donde se celebraban los Reyes, mirando al Espíritu cuando se hallaban solos, notó que sus cabellos eran grises.

-¡Es tan corta la vida de los Espíritus? -preguntó Scrooge.

-Mi vida sobre este globo es muy corta -replicó el Espectro-. Esta noche termina.

-¡Esta noche! --gritó Scrooge.

-Esta noche, a las doce. ¡Escuchad! La hora se acerca.

En aquel momento las campanas daban las once y tres cuartos.

-Perdonadme sí soy indiscreto al hacer tal pregunta -dijo Scrooge. mirando atentamente la túnica del Espíritu-, pero veo algo extraño, que no os pertenece saliendo por debajo de vuestro vestido. ¿Es un pie o una garra?

"It might be a claw, for the flesh there is upon it," was the Spirit's sorrowful reply. "Look here."

From the foldings of its robe, it brought two children; wretched, abject, frightful, hideous, miserable. They knelt down at its feet, and clung upon the outside of its garment.

"Oh, Man! look here. Look, look, down here!" exclaimed the Ghost.

They were a boy and girl. Yellow, meagre, ragged, scowling, wolfish; but prostrate, too, in their humility. Where graceful youth should have filled their features out, and touched them with its freshest tints, a stale and shrivelled hand, like that of age, had pinched, and twisted them, and pulled them into shreds. Where angels might have sat enthroned, devils lurked, and glared out menacing. No change, no degradation, no perversion of humanity, in any grade, through all the mysteries of wonderful creation, has monsters half so horrible and dread.

Scrooge started back, appalled. Having them shown to him in this way, he tried to say they were fine children, but the words choked themselves, rather than be parties to a lie of such enormous magnitude.

"Spirit! are they yours?" Scrooge could say no more.

"They are Man's," said the Spirit, looking down upon them. "And they cling to me, appealing from their fathers. This boy is Ignorance. This girl is Want. Beware them both, and all of their degree, but most of all beware this boy, for on his brow I see that written which is Doom, unless the writing be erased. Deny it!" cried the Spirit, stretching out its hand towards the city. "Slander those who tell it ye! Admit it for your factious purposes, and make it worse. And bide the end!"

"Have they no refuge or resource?" cried Scrooge.

"Are there no prisons?" said the Spirit, turning on him for the last time with his own words. "Are there no workhouses?"

The bell struck twelve.

Scrooge looked about him for the Ghost, and saw it not. As the last stroke ceased to vibrate, he remembered the prediction of old Jacob Marley, and lifting up his eyes, beheld a solemn Phantom, draped and hooded, coming, like a mist along the ground, towards him.

-Pudiera ser una garra. a juzgar por la carne que hay encima -contestó con tristeza el Espíritu-. ¡Mirad!

De los pliegues de su túnica hizo salir dos niños miserables, abyectos, espantosos, horribles, repugnantes. que cayeron de rodillas a sus pies y se agarraron a su vestidura.

-¡Oh, hombre! ¡Mira, mira, mira a tus pies! exclamó el Espectro.

Eran un niño y una niña, amarillos. flacos, cubiertos de harapos. ceñudos, feroces, pero postrados, sin embargo, en su abyeccíón. Cuando una graciosa juventud habría debido llenar sus mejillas y extender sobre su tez los más frescos colores, una mano marchita y desecada, como la del tiempo, las había arrugado, enflaquecido y decolorado. Donde los ángeles habrían debido reinar, los demonios se ocultaban para lanzar miradas amenazadoras. Ningún cambio, ninguna degradación, ninguna perversión de la humanidad, en ningún grado, a través de todos los misterios de la admirable creación, ha producido, ni con mucho, monstruos tan horribles y. espantosos.

Scrooge retrocedió, pálido de terror. Teniendo en cuenta quien se los mostraba, intentó decir que eran niños hermosos; pero las palabras se detuvieron en su garganta antes que contribuir a una mentira de tan enorme magnitud.

-Espíritu, ¿son hijos vuestros? -Scrooge no pudo decir más.

--Son los hijos de los hombres -contestó el Espíritu, mirándolos-. Y se acogen a mí para reclamar contra sus padres. Este niño es la Ignorancia. Esta niña es la Miseria. Guardaos de ambos y de toda su descendencia. pero sobre todo del niño, pues en su frente veo escrita la sentencia, hasta que lo escrito sea borrado. ¡Niégalo! -gritó el Espíritu, extendiendo una mano hacia la ciudad-. ¡Calumnia a los que te lo dicen! Eso favorecerá tus designios abominables. ¡Pero el fin llegará!

-¿No tienen ningún refugio ni recurso? -exclamó Scrooge.

-¿No hay cárceles? -dijo el Espíritu, devolviéndole por última vez sus propias palabras-. ¿No hay casas de corrección?

La campana dio las doce.

Scrooge miró a su alrededor en busca del Espectro, y ya no le vio. Cuando la última campanada dejó de vibrar, recordó la predicción del viejo Jacob Marley, y, alzando los ojos, vio un fantasma de aspecto solemne, vestido con una túnica con capucha y que iba hacia él deslizándose sobre la tierra como se desliza la bruma.

*Stave 4*

THE LAST OF THE SPIRITS.

*Capítulo 4*

EL ÚLTIMO DE LOS TRES ESPÍRITUS

The Phantom slowly, gravely, silently, approached. When it came near him, Scrooge bent down upon his knee; for in the very air through which this Spirit moved it seemed to scatter gloom and mystery.

It was shrouded in a deep black garment, which concealed its head, its face, its form, and left nothing of it visible save one outstretched hand. But for this it would have been difficult to detach its figure from the night, and separate it from the darkness by which it was surrounded.

He felt that it was tall and stately when it came beside him, and that its mysterious presence filled him with a solemn dread. He knew no more, for the Spirit neither spoke nor moved.

"I am in the presence of the Ghost of Christmas Yet To Come?" said Scrooge.

The Spirit answered not, but pointed onward with its hand.

"You are about to show me shadows of the things that have not happened, but will happen in the time before us," Scrooge pursued. "Is that so, Spirit?"

The upper portion of the garment was contracted for an instant in its folds, as if the Spirit had inclined its head. That was the only answer he received.

Although well used to ghostly company by this time, Scrooge feared the silent shape so much that his legs trembled beneath him, and he found that he could hardly stand when he prepared to follow it. The Spirit paused a moment, as observing his condition, and giving him time to recover.

But Scrooge was all the worse for this. It thrilled him with a vague uncertain horror, to know that behind the dusky shroud, there were ghostly eyes intently fixed upon him, while he, though he stretched his own to the utmost, could see nothing but a spectral hand and one great heap of black.

"Ghost of the Future!" he exclaimed, "I fear you more than any spectre I have seen. But as I know your purpose is to do me good, and as I hope to live to be another man from what I was, I am prepared to bear you company, and do it with a thankful heart. Will you not speak to me?"

It gave him no reply. The hand was pointed straight before them.

"Lead on!" said Scrooge. "Lead on! The night is waning fast, and it is precious time to me, I know. Lead on, Spirit!"

The Phantom moved away as it had come towards him. Scrooge followed in the shadow of its dress, which bore him up, he thought, and carried him along.

They scarcely seemed to enter the city; for the city rather seemed to spring up about them, and encompass them of its own act. But there they were, in the heart of it; on 'Change, amongst the merchants; who hurried up and down, and chinked the money in their pockets, and conversed in groups, and looked at their watches, and trifled thoughtfully with their great gold seals; and so forth, as Scrooge had seen them often.

El Fantasma se aproximaba con paso lento, grave y silencioso. Cuando llegó a Scrooge, éste dobló la rodilla, pues el Espíritu parecía esparcir a su alrededor, en el aire que atravesaba, tristeza y misterio.

Le envolvía una vestidura negra, que le ocultaba la cabeza, la cara y todo el cuerpo, dejando solamente visible una de sus manos extendida. Pero, además de esto, hubiera sido difícil distinguir su figura en medio de la noche y hacerla destacar de la completa obscuridad que la rodeaba.

Reconoció Scrooge que el Espectro era alto y majestuoso cuando le vio a su lado, y entonces sintió , que su misteriosa presencia le llenaba de un temor solemne. No supo nada más, porque el Espíritu ni hablaba ni se movía.

-¿Estoy en presencia del Espectro de la Navidad venidera? -dijo Scrooge.

El Espíritu no respondió, pero continuó con la mano extendida.

-Vais a mostrarme las sombras de las cosas que no han sucedido, pero que sucederán en el tiempo venidero ---continuó Scrooge-, ¿no es así, Espíritu?

La parte superior de la vestidura se contrajo un instante en sus pliegues, como si el Espíritu hubiera inclinado la cabeza. Fue la sola respuesta que recibió.

Aunque habituado ya al trato de los espectros, Scrooge experimentó tal miedo ante la sombra silenciosa, que le temblaron las piernas y apenas podía sostenerse en pie cuando se disponía a seguirle. El Espíritu se detuvo un momento observando su estado, como si quisiera darle tiempo para reponerse.

Pero ello fue peor para Scrooge. Estremecióse con un vago terror al pensar que tras aquella sombría mortaja estaban los ojos del Fantasma intensamente fijos en él, y que, a pesar de todos sus esfuerzos, sólo podía ver una mano espectral y una gran masa negra.

-¡Espectro del futuro ---exclamó-, .os tengo más miedo que a ninguno de los espectros que he visto! Pero como sé que vuestro propósito es procurar mi bien y como espero ser un hombre diferente de lo que he sido, estoy dispuesto a acompañaros con el corazón agradecido. ¿No queréis hablarme?

Silencio. La mano seguía extendida hacia adelante.

-¡Guiadme! -dijo ,Scrooge-. ¡Guiadme! La noche avanza rápidamente, y sé que es un precioso tiempo para mí. ¡Guiadme, Espíritu!

El Fantasma se alejó igual que había llegado. Scrooge le siguió en la sombra de su vestidura, que según pensó, levantábale y llevábale con ella.

Apenas pareció que entraron en la ciudad, pues más bien se creería que ésta surgió alrededor de ellos, circundándolos con su propio movimiento. Sin embargo, hallábanse en el corazón de la ciudad, en la Bolsa, entre los negociantes, que marchaban apresuradamente de aquí para allá, haciendo sonar las monedas en el bolsillo, conversando en grupos, mirando sus relojes, jugando pensativamente con sus áureos dijes, etc, como Scrooge les había visto con frecuencia.

The Spirit stopped beside one little knot of business men. Observing that the hand was pointed to them, Scrooge advanced to listen to their talk.

"No," said a great fat man with a monstrous chin, "I don't know much about it, either way. I only know he's dead."

"When did he die?" inquired another.

"Last night, I believe."

"Why, what was the matter with him?" asked a third, taking a vast quantity of snuff out of a very large snuff-box. "I thought he'd never die."

"God knows," said the first, with a yawn.

"What has he done with his money?" asked a red-faced gentleman with a pendulous excrescence on the end of his nose, that shook like the gills of a turkey-cock.

"I haven't heard," said the man with the large chin, yawning again. "Left it to his company, perhaps. He hasn't left it to me. That's all I know."

This pleasantry was received with a general laugh.

"It's likely to be a very cheap funeral," said the same speaker; "for upon my life I don't know of anybody to go to it. Suppose we make up a party and volunteer?"

"I don't mind going if a lunch is provided," observed the gentleman with the excrescence on his nose. "But I must be fed, if I make one."

Another laugh.

"Well, I am the most disinterested among you, after all," said the first speaker, "for I never wear black gloves, and I never eat lunch. But I'll offer to go, if anybody else will. When I come to think of it, I'm not at all sure that I wasn't his most particular friend; for we used to stop and speak whenever we met. Bye, bye!"

Speakers and listeners strolled away, and mixed with other groups. Scrooge knew the men, and looked towards the Spirit for an explanation.

The Phantom glided on into a street. Its finger pointed to two persons meeting. Scrooge listened again, thinking that the explanation might lie here.

He knew these men, also, perfectly. They were men of business: very wealthy, and of great importance. He had made a point always of standing well in their esteem: in a business point of view, that is; strictly in a business point of view.

El Espíritu se detuvo frente a un pequeño grupo de negociantes. Observando Scrooge que su mano indicaba aquella dirección, se adelantó para escuchar lo que hablaban.

-No -decía un hombre grueso y alto, de barbilla monstruosa-; no sé más acerca de ello; sólo sé que ha muerto.

-¿Cuándo ha muerto? -inquirió otro.

-Creo que anoche.

-¡Cómo! ¿Pues qué le ha ocurrido?- preguntó un tercero, tomando una gran porción de tabaco de una enorme tabaquera-. Yo creí que no iba a morir nunca.

-Sólo Díos lo sabe -dijo el primero bostezando.

-¿Qué ha hecho de su dinero? -preguntó un caballero de faz rubicunda con una excrescencia que le colgaba de la punta de la nariz y que ondulaba como las carúnculas de un pavo.

-No lo he oído decir --dijo el hombre de la enorme barbilla bostezando de nuevo-. Quizá se lo haya dejado a su sociedad. A mí no me lo ha dejada, es todo lo que sé.

Esta broma fue acogida con una carcajada general.

-Es probable que sean modestísimas las exequias -dijo el mismo interlocutor-, pues, por mi vida, no conozco a nadie que asista a ellas. ¿Vamos a ir nosotros sin invitación?

-No tengo inconveniente. si hay merienda -observó el caballero de la. excrescencia en la nariz-, pero si voy tienen que darme de comer.

Otra carcajada.

-Bueno; después de todo, yo soy el más desinteresado de todos vosotros -dijo el que habló primeramente-. pues nunca gasto guantes negros ni meriendo; pero estoy dispuesto a ir si alguno viene conmigo. Cuando pienso en ello, no estoy completamente seguro de no haber sido su mejor amigo, pues acostumbrábamos detenernos a hablar siempre que nos encontrábamos. ¡Adiós, señores!

Los que hablaban y los que escuchaban se dispersaron, mezclándose con otros grupos. Scrooge los conocía. y miró al Espíritu en busca de una explicación.

El Fantasma deslizóse en una calle. Su dedo señalaba a dos individuos que se encontraron. Scrooge escuchó de nuevo, pensando que allí se hallaría la explicación.

También a aquellos hombres los conocía perfectamente. Eran dos negociantes riquísimos y muy importantes. Siempre se había ufanado de ser muy estimado por ellos, desde el punto de vista de los negocios, se entiende, estrictamente desde el punto de vista de los negocios.

"How are you?" said one.

"How are you?" returned the other.

"Well!" said the first. "Old Scratch has got his own at last, hey?"

"So I am told," returned the second. "Cold, isn't it?"

"Seasonable for Christmas time. You're not a skater, I suppose?"

"No. No. Something else to think of. Good morning!"

Not another word. That was their meeting, their conversation, and their parting.

Scrooge was at first inclined to be surprised that the Spirit should attach importance to conversations apparently so trivial; but feeling assured that they must have some hidden purpose, he set himself to consider what it was likely to be. They could scarcely be supposed to have any bearing on the death of Jacob, his old partner, for that was Past, and this Ghost's province was the Future. Nor could he think of any one immediately connected with himself, to whom he could apply them. But nothing doubting that to whomsoever they applied they had some latent moral for his own improvement, he resolved to treasure up every word he heard, and everything he saw; and especially to observe the shadow of himself when it appeared. For he had an expectation that the conduct of his future self would give him the clue he missed, and would render the solution of these riddles easy.

He looked about in that very place for his own image; but another man stood in his accustomed corner, and though the clock pointed to his usual time of day for being there, he saw no likeness of himself among the multitudes that poured in through the Porch. It gave him little surprise, however; for he had been revolving in his mind a change of life, and thought and hoped he saw his new-born resolutions carried out in this.

Quiet and dark, beside him stood the Phantom, with its outstretched hand. When he roused himself from his thoughtful quest, he fancied from the turn of the hand, and its situation in reference to himself, that the Unseen Eyes were looking at him keenly. It made him shudder, and feel very cold.

They left the busy scene, and went into an obscure part of the town, where Scrooge had never penetrated before, although he recognised its situation, and its bad repute. The ways were foul and narrow; the shops and houses wretched; the people half-naked, drunken, slipshod, ugly. Alleys and archways, like so many cesspools, disgorged their offences of smell, and dirt, and life, upon the straggling streets; and the whole quarter reeked with crime, with filth, and misery.

-¿Cómo estáis? -dijo uno.

-¿Cómo estáis? -replicó el otro.

-Bien --dijo el primero-. Al fin el viejo tiene lo suyo, ¿eh?

-Eso he oído -contestó el otro-. Hace frío. ¿verdad?

-Lo propio de la época de Navidad. Supongo que no sois patinador.

-No, no. Tengo otra cosa en que pensar. ¿Buenos días!

Ni una palabra más. Tales fueron su encuentro, su conversación y su despedida.

Al principio estuvo Scrooge a punto de sorprenderse de que el Espíritu diese importancia a conversaciones tan triviales en apariencia; pero, íntimamente convencido de que debían tener un significado oculto, se puso a reflexionar cuál podría ser. Apenas se les podía suponer alguna relación con la muerte de Jacob, su viejo consocio, pues ésta pertenecía al pasado, y el punto de partida de este Espectro era el porvenir. Ni podía pensar en otro inmediatamente relacionado con él a quien se le pudiera aplicar. Pero como, sin duda, a quienquiera que se le aplicaren, encerraban una lección secreta dirigida a su provecho, resolvió tener en cuenta cuidadosamente toda palabra que oyera y toda cosa que viese, y especialmente observar su propia imagen cuando apareciera, pues tenía la esperanza de que la conducta de su futuro ser le daría la clave que necesitaba para hacerle fácil la solución del enigma.

Miró a todos lados en aquel lugar buscando su propia imagen; pero otro hombre ocupaba su rincón habitual, y aunque el reloj señalaba la hora en que él acostumbraba estar allí, no vio a nadie que se le pareciese entre la multitud que se oprimía bajo el porche.

Ello le sorprendió poco, sin embargo, pues había resuelto cambiar de vida: y pensaba y esperaba que su ausencia era una prueba de que sus nacientes resoluciones empezaban a ponerse en práctica.

Inmóvil, sombrío, el Fantasma permanecía a su lado con la mano extendida. Cuando Scrooge salió de su ensimismamiento, imaginóse, por el movimiento de la mano y su situación respecto a él, que los ojos invisibles estaban mirándole fijamente, y le recorrió un escalofrío.

Dejaron el teatro de los negocios y se dirigieron a una parte obscura de la ciudad, donde Scrooge no había entrado nunca, aunque conocía su situación y su mala fama. Los caminos eran sucios y estrechos; las tiendas y las casas, miserables; los habitantes, medio desnudos, borrachos, mal calzados, horrorosos. Callejuelas y pasadizos sombríos, como otras tantas alcantarillas, vomitaban sus olores repugnantes, sus inmundicias y sus habitantes en aquel laberinto de. calles; y toda aquella parte respiraba crimen, suciedad y miseria.

Far in this den of infamous resort, there was a low-browed, beetling shop, below a pent-house roof, where iron, old rags, bottles, bones, and greasy offal, were bought. Upon the floor within, were piled up heaps of rusty keys, nails, chains, hinges, files, scales, weights, and refuse iron of all kinds. Secrets that few would like to scrutinise were bred and hidden in mountains of unseemly rags, masses of corrupted fat, and sepulchres of bones. Sitting in among the wares he dealt in, by a charcoal stove, made of old bricks, was a grey-haired rascal, nearly seventy years of age; who had screened himself from the cold air without, by a frousy curtaining of miscellaneous tatters, hung upon a line; and smoked his pipe in all the luxury of calm retirement.

Scrooge and the Phantom came into the presence of this man, just as a woman with a heavy bundle slunk into the shop. But she had scarcely entered, when another woman, similarly laden, came in too; and she was closely followed by a man in faded black, who was no less startled by the sight of them, than they had been upon the recognition of each other. After a short period of blank astonishment, in which the old man with the pipe had joined them, they all three burst into a laugh.

"Let the charwoman alone to be the first!" cried she who had entered first. "Let the laundress alone to be the second; and let the undertaker's man alone to be the third. Look here, old Joe, here's a chance! If we haven't all three met here without meaning it!"

"You couldn't have met in a better place," said old Joe, removing his pipe from his mouth. "Come into the parlour. You were made free of it long ago, you know; and the other two an't strangers. Stop till I shut the door of the shop. Ah! How it skreeks! There an't such a rusty bit of metal in the place as its own hinges, I believe; and I'm sure there's no such old bones here, as mine. Ha, ha! We're all suitable to our calling, we're well matched. Come into the parlour. Come into the parlour."

The parlour was the space behind the screen of rags. The old man raked the fire together with an old stair-rod, and having trimmed his smoky lamp (for it was night), with the stem of his pipe, put it in his mouth again.

While he did this, the woman who had already spoken threw her bundle on the floor, and sat down in a flaunting manner on a stool; crossing her elbows on her knees, and looking with a bold defiance at the other two.

"What odds then! What odds, Mrs. Dilber?" said the woman. "Every person has a right to take care of themselves. He always did."

"That's true, indeed!" said the laundress. "No man more so."

"Why then, don't stand staring as if you was afraid, woman; who's the wiser? We're not going to pick holes in each other's coats, I suppose?"

En el fondo de aquella guarida infame había una tienda bajísima de techo, bajo el tejado de un sobradillo, donde se compraban hierros, trapos viejos, botellas, huesos y restos de comidas. En el interior, y sobre el suelo, se amontonaban llaves enmohecidas. clavos, cadenas. goznes, limas, platillos de balanza, pesos y toda clase de hierros inútiles. Misterios que a pocas personas hubiera agradado investigar se ocultaban bajo aquellos montones de harapos repugnantes, aquella grasa corrompida y aquellos sepulcros de huesos. Sentado en medio de sus mercancías, junto a un brasero de ladrillos viejos, un bribón de cabellos blanqueados por sus setenta años, defendido del viento exterior con una cortina fétida compuesta de pedazos de trapo de todos colores y clases colgados de un bramante, fumaba su pipa saboreando la voluptuosidad de su apacible retiro.

Scrooge y el fantasma llegaron ante aquel hombre en el momento en que una mujer cargada con un enorme envoltorio se deslizaba en la tienda. Apenas había entrado, cuando otra mujer, cargada de igual modo, entró a continuación; seguida de cerca por un hombre vestido de negro desvaído, cuya sorpresa no fue menor a la vista de las dos mujeres que la que ellas experimentaron al reconocerse una a otra. Después de un momento de muda estupefacción, de la que había participado el hombre de la pipa, soltaron los tres una carcajada.

-¿Que la jornalera pase primeramente? -exclamó la que había entrado al principio-. La segunda será la planchadora y el tercero el hombre de la funeraria. Mirad, viejo Joe, qué casualidad. ¡Cualquiera diría que nos habíamos citado aquí los tres!

-No podíais haber elegido mejor sitio -dijo el viejo quitándose la pipa de la boca-. Entrad a la sala. Hace mucho tiempo que tenéis aquí la entrada libre, y los otros dos tampoco son personas extrañas. Aguardad que cierre la puerta de la tienda. ¡Ah, cómo cruje! No creo que haya aquí hierros más mohosos que sus goznes, así como tampoco hay aquí, estoy .seguro, huesos más viejos que los míos. ¡Ja, ja! Todos nosotros estamos. en armonía con nuestra profesión y de acuerdo. Entrad a la sala, entrad a la sala.

La sala era el espacio separado de la tienda por la cortina de harapos. El viejo removió la lumbre con un pedazo de hierro procedente de una barandilla, y después de reavivar la humosa lámpara (pues era de noche) con el tubo de la pipa, se volvió a poner ésta en la boca.

Mientras lo hizo, la mujer que ya había hablado arrojó el envoltorio al suelo y se sentó en un taburete en actitud descarada, poniéndose los codos sobre las rodillas y lanzando a los otros dos una mirada de desafío.

-Y bien, ¿Qué? ¿Qué hay, señora Dilber? -dijo la mujer-. Cada uno tiene derecho a pensar en sí mismo. ¡El siempre lo hizo así!

-Es verdad, efectivamente --dijo la planchadora-. Más que él, nadie.

-¿Por qué, pues, ponéis esa cara, como si tuvierais miedo, mujer? Supongo que los lobos no se muerden unos a otros.

"No, indeed!" said Mrs. Dilber and the man together. "We should hope not."

"Very well, then!" cried the woman. "That's enough. Who's the worse for the loss of a few things like these? Not a dead man, I suppose."

"No, indeed," said Mrs. Dilber, laughing.

"If he wanted to keep 'em after he was dead, a wicked old screw," pursued the woman, "why wasn't he natural in his lifetime? If he had been, he'd have had somebody to look after him when he was struck with Death, instead of lying gasping out his last there, alone by himself."

"It's the truest word that ever was spoke," said Mrs. Dilber. "It's a judgment on him."

"I wish it was a little heavier judgment," replied the woman; "and it should have been, you may depend upon it, if I could have laid my hands on anything else. Open that bundle, old Joe, and let me know the value of it. Speak out plain. I'm not afraid to be the first, nor afraid for them to see it. We know pretty well that we were helping ourselves, before we met here, I believe. It's no sin. Open the bundle, Joe."

But the gallantry of her friends would not allow of this; and the man in faded black, mounting the breach first, produced his plunder. It was not extensive. A seal or two, a pencil-case, a pair of sleeve-buttons, and a brooch of no great value, were all. They were severally examined and appraised by old Joe, who chalked the sums he was disposed to give for each, upon the wall, and added them up into a total when he found there was nothing more to come.

"That's your account," said Joe, "and I wouldn't give another sixpence, if I was to be boiled for not doing it. Who's next?"

Mrs. Dilber was next. Sheets and towels, a little wearing apparel, two old-fashioned silver teaspoons, a pair of sugar-tongs, and a few boots. Her account was stated on the wall in the same manner.

"I always give too much to ladies. It's a weakness of mine, and that's the way I ruin myself," said old Joe. "That's your account. If you asked me for another penny, and made it an open question, I'd repent of being so liberal and knock off half-a-crown."

"And now undo my bundle, Joe," said the first woman.

Joe went down on his knees for the greater convenience of opening it, and having unfastened a great many knots, dragged out a large and heavy roll of some dark stuff.

"What do you call this?" said Joe. "Bed-curtains!"

"Ah!" returned the woman, laughing and leaning forward on her crossed arms. "Bed-curtains!"

"You don't mean to say you took 'em down, rings and all, with him lying there?" said Joe.

"Yes I do," replied the woman. "Why not?"

-¿Claro que no! -dijeron a la vez, la señora Dilber y el viejo-. Debemos esperar que sea así. -Entonces, muy bien -exclamó la mujer-. Eso basta. ¿A quién se perjudica con insignificancias como éstas? No será el muerto, me figuro.

-¡Claro que no¡ -dijo la señora Dilber riendo. -Si necesitaba conservarlas después de morir, el viejo avaro --continuó la mujer-, ¿por qué no ha hecho en vida lo que todo el mundo? No tenía más que haberse proporcionado quien le cuidara cuando la muerte se lo llevó, en vez de permanecer aislado de todos al exhalar el último suspiro.

-Nunca se dijo mayor verdad -repuso la señora Dílber-. Tiene lo que merece.

-Yo desearía que le ocurriera algo más -replicó la mujer-; y otra cosa habría sido, podéis creerme, si me hubiera sido posible poner las manos en cosa de más valor. Abrid ese envoltorio, Joe, y decidme cuánto vale. Hablad con franqueza. No tengo miedo de ser la primera, ni me importa que lo vean. Antes de encontrarnos aquí, ya sabíamos bien, me figuro, que estábamos haciendo nuestro negocio. No hay nada malo en ello. Abrid el envoltorio, Joe.

Pero la galantería de sus amigos no lo permitió, y el hombre del traje negro desvaído, rompiendo el fuego, mostró su botín. No era considerable: un sello o dos, un lapicero, dos botones de manga, un alfiler de poco valor, y nada más. Todas esas cosas fueron examinadas separadamente y avaluadas por et viejo, que escribió con tiza en la pared las cantidades que estaba dispuesto a dar por cada una, haciendo la suma cuando vio que no había ningún otro objeto.

-Esta es vuestra cuenta ---dijo-, y no daría un penique más, aunque me quemaran a fuego lento por no darlo. ¿Quién sigue?

Seguía la señora Dilber. Sábanas y toallas, servilletas, un traje usado, dos antiguas cucharillas de plata, unas pinzas para azúcar y algunas botas. Su cuenta le fue hecha igualmente en la pared.

-Sicmprc doy demasiado a las señoras. Es una de mis flaquezas, y de ese modo me arruino -dijo el viejo-. Aquí está vuestra cuenta. Si me pedís un penique más, o discutís la cantidad, puedo arrepentirme de mi esplendidez y rebajar media corona.

-Y ahora deshaced mi envoltorio, Joe -dijo la primera mujer.

Joe se puso de rodillas para abrirlo con más facilidad, y después de deshacer un gran número de nudos; sacó una pesada pieza de tela obscura.

-¿Cómo llamáis a esto? -dijo-. Cortinas de alcoba.

-¿Ah! -respondió la mujer riendo e inclinándose sobre sus brazos cruzados-. ¡Cortinas de alcoba!

-No es posible que las hayáis quitado. con anillas y todo, estando todavía sobre el lecho -dijo el viejo.

-Pues sí -replicó la mujer-. ¿Por qué no?

"You were born to make your fortune," said Joe, "and you'll certainly do it."

"I certainly shan't hold my hand, when I can get anything in it by reaching it out, for the sake of such a man as He was, I promise you, Joe," returned the woman coolly. "Don't drop that oil upon the blankets, now."

"His blankets?" asked Joe.

"Whose else's do you think?" replied the woman. "He isn't likely to take cold without 'em, I dare say."

"I hope he didn't die of anything catching? Eh?" said old Joe, stopping in his work, and looking up.

"Don't you be afraid of that," returned the woman. "I an't so fond of his company that I'd loiter about him for such things, if he did. Ah! you may look through that shirt till your eyes ache; but you won't find a hole in it, nor a threadbare place. It's the best he had, and a fine one too. They'd have wasted it, if it hadn't been for me."

"What do you call wasting of it?" asked old Joe.

"Putting it on him to be buried in, to be sure," replied the woman with a laugh. "Somebody was fool enough to do it, but I took it off again. If calico an't good enough for such a purpose, it isn't good enough for anything. It's quite as becoming to the body. He can't look uglier than he did in that one."

Scrooge listened to this dialogue in horror. As they sat grouped about their spoil, in the scanty light afforded by the old man's lamp, he viewed them with a detestation and disgust, which could hardly have been greater, though they had been obscene demons, marketing the corpse itself.

"Ha, ha!" laughed the same woman, when old Joe, producing a flannel bag with money in it, told out their several gains upon the ground. "This is the end of it, you see! He frightened every one away from him when he was alive, to profit us when he was dead! Ha, ha, ha!"

"Spirit!" said Scrooge, shuddering from head to foot. "I see, I see. The case of this unhappy man might be my own. My life tends that way, now. Merciful Heaven, what is this!"

He recoiled in terror, for the scene had changed, and now he almost touched a bed: a bare, uncurtained bed: on which, beneath a ragged sheet, there lay a something covered up, which, though it was dumb, announced itself in awful language.

The room was very dark, too dark to be observed with any accuracy, though Scrooge glanced round it in obedience to a secret impulse, anxious to know what kind of room it was. A pale light, rising in the outer air, fell straight upon the bed; and on it, plundered and bereft, unwatched, unwept, uncared for, was the body of this man.

-Habéis nacido para hacer fortuna -dijo el viejo- y seguramente la haréis.

-En verdad os aseguro, Joe -replicó la mujer tranquilamente-, que cuando tenga a mi alcance alguna cosa, no retiraré de ella la mano por consideración a un hombre como ése. Ahora, no dejéis caer el aceite sobre las mantas.

-¿Las mantas de él? -preguntó Joe.

-¿De quién creéis que iban a ser? -replicó la mujer-. Me atrevo a decir que no se enfriará por no tenerlas.

-Me figuro que no habrá muerto de enfermedad contagiosa. ¿eh? -dijo el viejo suspendiendo la tarea y alzando los ojos.

-No tengáis miedo -replicó la mujer-. No me agradaba su compañía hasta el punto de estar a su lado por tales pequeñeces, si hubiera habido el menor peligro. ¿Ah! Podéis mirar esa camisa hasta que os duelan los ojos, y no veréis en ella ni un agujero ni un zurcido. Esa es la mejor que tenía y es una buena camisa. A no ser por mí, la habrían derrochado.

-¿A qué llamáis derrochar una camisa? -preguntó Joe.

--Quiero decir que, seguramente, le habrían amortajado con ella -replicó la mujer, riendo-. Alguien fue lo bastante imbécil para hacerlo, pero yo se la quité otra vez. Si la tela de algodón no sirve para tal objeto, no sirve para nada. Es a propósito para cubrir un cuerpo. No puede estar más feo de ese modo que con esta camisa.

Scrooge escuchaba este diálogo con horror. Conforme se hallaban los interlocutores agrupados en torno de su presa, a la escasa luz de la lámpara del viejo: le producían una sensación de odio y de disgusto, que no habría sido mayor aunque hubiera visto obscenos demonios regateando el precio del propio cadáver.

-¡Ja, ja! -rió la misma mujer cuando Joe, sacando un talego de franela lleno de dinero, contó en el suelo la cantidad que correspondía a cada uno-. No termina mal, ¿veis? Durante su vida ahuyentó a todos de su lado para proporcionarnos ganancias después de muerto. ¡Ja, ja, ja!

-¿Espíritu? ---dijo Scrooge, estremeciéndose de pies a cabeza-. Ya veo, ya veo. El caso de ese desgraciado puede ser el mío. A eso conduce una vida como la mía. ¡Dios misericordioso! ¿Qué es esto?

Retrocedió lleno de terror, pues la escena había cambiado y Scrooge casi tocaba un lecho: un lecho desnudo, sin cortinas, sobre el cual, cubierto por un trapo, yacía algo que, aunque mudo, se revelaba con terrible lenguaje.

El cuarto estaba muy obscuro, demasiado obscuro para poder observarle con alguita exactitud, aunque Scrooge, obediente a un impulso secreto, miraba a todos lados, ansioso por saber qué clase de habitación era aquélla. Una luz pálida, que llegaba del exterior, caía directamente sobre el lecho, en el cual yacía el cuerpo de aquel hombre despojado, robado, abandonado por todo el mundo, sin nadie que le velara y sin nadie que llorara por él.

Scrooge glanced towards the Phantom. Its steady hand was pointed to the head. The cover was so carelessly adjusted that the slightest raising of it, the motion of a finger upon Scrooge's part, would have disclosed the face. He thought of it, felt how easy it would be to do, and longed to do it; but had no more power to withdraw the veil than to dismiss the spectre at his side.

Oh cold, cold, rigid, dreadful Death, set up thine altar here, and dress it with such terrors as thou hast at thy command: for this is thy dominion! But of the loved, revered, and honoured head, thou canst not turn one hair to thy dread purposes, or make one feature odious. It is not that the hand is heavy and will fall down when released; it is not that the heart and pulse are still; but that the hand was open, generous, and true; the heart brave, warm, and tender; and the pulse a man's. Strike, Shadow, strike! And see his good deeds springing from the wound, to sow the world with life immortal!

No voice pronounced these words in Scrooge's ears, and yet he heard them when he looked upon the bed. He thought, if this man could be raised up now, what would be his foremost thoughts? Avarice, hard-dealing, griping cares? They have brought him to a rich end, truly!

He lay, in the dark empty house, with not a man, a woman, or a child, to say that he was kind to me in this or that, and for the memory of one kind word I will be kind to him. A cat was tearing at the door, and there was a sound of gnawing rats beneath the hearth-stone. What they wanted in the room of death, and why they were so restless and disturbed, Scrooge did not dare to think.

"Spirit!" he said, "this is a fearful place. In leaving it, I shall not leave its lesson, trust me. Let us go!"

Still the Ghost pointed with an unmoved finger to the head.

"I understand you," Scrooge returned, "and I would do it, if I could. But I have not the power, Spirit. I have not the power."

Again it seemed to look upon him.

"If there is any person in the town, who feels emotion caused by this man's death," said Scrooge quite agonised, "show that person to me, Spirit, I beseech you!"

The Phantom spread its dark robe before him for a moment, like a wing; and withdrawing it, revealed a room by daylight, where a mother and her children were.

She was expecting some one, and with anxious eagerness; for she walked up and down the room; started at every sound; looked out from the window; glanced at the clock; tried, but in vain, to work with her needle; and could hardly bear the voices of the children in their play.

Scrooge miró hacia el Fantasma, cuya rígida mano indicaba la cabeza del muerto. El paño qué la cubría hallábase puesto con tal descuido, que el más ligero movimiento, el de un dedo, habría descubierto la cara. Pensó Scrooge en ello, veía cuán fácil era hacerlo y sentía el deseo de hacerlo: pero tan poco poder tenía para quitar aquel velo como para arrojar de su lado al Espectro.

-¡Oh, fría. fría. rígida, espantosa muerte! ¡Levanta aquí tu altar y vístelo con todos los terrores de que dispones, pues estás en tu dominio! Pero cuando es una cabeza amada, respetada y honrada, no puedes hacer favorable a tus terribles designios un solo cabello ni hacer odiosa una de sus facciones. No es que la mano pierda su pesantez y no caiga al abandonarla; no es que el corazón y el pulso dejen de estar inmóviles: pero la mano fue abierta, generosa y leal; el corazón, bravo, ferviente y tierno; y el pulso. de un hombre. ¡Golpea, muerte, golpea! ¡Y mira las buenas acciones que brotan de la herida y caen en el mundo como simiente de vida inmortal!

Ninguna voz pronunció tales .palabras en los oídos de Scrooge, pero las oyó al mirar el lecho. Y pensó: "Si este hombre pudiera revivir, ¿cuáles serían sus pensamientos primitivos? ¿La avaricia, la dureza de corazón, la preocupación del dinero? ¿Tales cosas le han conducido, verdaderamente, a buen fin?

Yace en esta casa desierta y sombría, donde no hay un hombre, una mujer o un niño que diga: "fue cariñoso para mí en esto o en aquello. y en recuerdo de una palabra amable seré cariñoso para él". Un gato arañaba la puerta. y bajo la piedra del hogar se oía un ruido de ratas que roían. ¿Qué iban a buscar en aquel cuarto fúnebre y por qué estaban tan inquietas y turbulentas? Scrooge no se atrevió a pensar en ello.

-¡Espíritu --dijo-, da miedo estar aquí! Al abandonar este lugar no olvidaré sus enseñanzas, os lo aseguro. ¡Vámonos!

El Espectro seguía mostrándole la cabeza del cadáver con su dedo inmóvil.

--Os comprendo -replicó Scrooge-, y lo haría si pudiera. Pero mc cs imposible, Espíritu, me es imposible.

El Espectro pareció mirarle de nuevo.

-Sí hay en la ciudad alguien a quien emocione la muerte de ese hombre -dijo Scrooge, agonizante-, mostradme esa persona, Espíritu, os lo suplico.

El Fantasma extendió un momento su sombría vestidura ante él, como un ala; después, volviendo a plegarla, mostróle una habitación alumbrada por la luz del día, donde estaba una madre con sus hijos.

Aguardaba a alguien con ansiosa inquietud, pues iba de un lado a otro por la habitación. se estremecía al menor ruido, miraba por la ventana, consultaba el reloj, trataba, pero inútilmente, de manejar la aguja, y no podía aguantar las voces de los niños en sus juegos.

At length the long-expected knock was heard. She hurried to the door, and met her husband; a man whose face was careworn and depressed, though he was young. There was a remarkable expression in it now; a kind of serious delight of which he felt ashamed, and which he struggled to repress.

He sat down to the dinner that had been hoarding for him by the fire; and when she asked him faintly what news (which was not until after a long silence), he appeared embarrassed how to answer.

"Is it good?" she said, "or bad?"—to help him.

"Bad," he answered.

"We are quite ruined?"

"No. There is hope yet, Caroline."

"If he relents," she said, amazed, "there is! Nothing is past hope, if such a miracle has happened."

"He is past relenting," said her husband. "He is dead."

She was a mild and patient creature if her face spoke truth; but she was thankful in her soul to hear it, and she said so, with clasped hands. She prayed forgiveness the next moment, and was sorry; but the first was the emotion of her heart.

"What the half-drunken woman whom I told you of last night, said to me, when I tried to see him and obtain a week's delay; and what I thought was a mere excuse to avoid me; turns out to have been quite true. He was not only very ill, but dying, then."

"To whom will our debt be transferred?"

"I don't know. But before that time we shall be ready with the money; and even though we were not, it would be a bad fortune indeed to find so merciless a creditor in his successor. We may sleep to-night with light hearts, Caroline!"

Yes. Soften it as they would, their hearts were lighter. The children's faces, hushed and clustered round to hear what they so little understood, were brighter; and it was a happier house for this man's death! The only emotion that the Ghost could show him, caused by the event, was one of pleasure.

"Let me see some tenderness connected with a death," said Scrooge; "or that dark chamber, Spirit, which we left just now, will be for ever present to me."

The Ghost conducted him through several streets familiar to his feet; and as they went along, Scrooge looked here and there to find himself, but nowhere was he to be seen. They entered poor Bob Cratchit's house; the dwelling he had visited before; and found the mother and the children seated round the fire.

Al fin se oyó en la puerta el golpe esperado tanto tiempo; se precipitó a la puerta y encontróse con su marido, cuyo rostro estaba ajado y abatido por la preocupación, aunque era joven. En aquel momento mostraba una expresión notable: un placer triste que le causaba vergüenza y que se esforzaba en reprimir.

Sentóse para comer el almuerzo preparado para él junto al fuego, y cuando ella le preguntó débilmente qué noticias había (lo que no hizo sino después de un largo silencio), pareció cohibido de responder.

-¿Son buenas o malas? -dijo para ayudarle.

-Malas -respondió.

-¿Estamos completamente arruinados?

-No. Aun hay esperanzas, Carolina.

-Si se conmueve -dijo ella asombrada-, si tal milagro se realizara, no se habrían perdido las esperanzas.

-Ya no puede conmoverse -dijo el marido-, porque ha muerto.

Era aquella mujer una dulce y paciente criatura, a juzgar por su rostro; pero su alma se llenó de gratitud al oír aquello, y así lo expresó juntando las manos.

Un momento después pedía perdón a Dios y se mostraba afligida: pero el primer movimiento salió del corazón.

-Lo que me dijo aquella mujer medio ebria, de quien te hablé anoche, cuando intenté verle para obtener un plazo de una semana, y lo que creí un pretexto para no recibirme, es la pura verdad; no sólo estaba muy enfermo, sino agonizando.

-¿Y a quién se transmitirá nuestra deuda? -No lo sé. Pero antes de ese tiempo tendremos ya el dinero: y aunque no lo tuviéramos, sería tener muy mala suerte encontrar en su sucesor un acreedor tan implacable como él. ¡Esta noche podemos dormir `tranquilos, Carolina!

Sí. Sus corazones se sentían aliviados de un gran peso. Las caras de los niños, agrupados a su alrededor para oír lo que tan mal comprendían, brillaban más: la muerte de aquel hombre llevaba un poco de dicha a aquel hogar. La única emoción que el Espectro pudo mostrar a Scrooge con motivo de aquel suceso fue una emoción de placer.

-Espíritu, permitidme ver alguna ternura relacionada con la muerte --dijo Scrooge-: si no, la sombría habitación que abandonamos hace poco estará siempre en mi recuerdo.

El Fantasma le condujo a través de varias calles que le eran familiares: a medida que marchaban. Scrooge miraba a todas partes en busca de su propia imagen, pero en ningún sitio conseguía verla. Entraron en casa del pobre Bob Cratchit, la habitación que habían visitado anteriormente, y hallaron a la madre y a los niños sentados alrededor de la lumbre.

Quiet. Very quiet. The noisy little Cratchits were as still as statues in one corner, and sat looking up at Peter, who had a book before him. The mother and her daughters were engaged in sewing. But surely they were very quiet!

" 'And He took a child, and set him in the midst of them.' "

Where had Scrooge heard those words? He had not dreamed them. The boy must have read them out, as he and the Spirit crossed the threshold. Why did he not go on?

The mother laid her work upon the table, and put her hand up to her face.

"The colour hurts my eyes," she said.

The colour? Ah, poor Tiny Tim!

"They're better now again," said Cratchit's wife. "It makes them weak by candle-light; and I wouldn't show weak eyes to your father when he comes home, for the world. It must be near his time."

"Past it rather," Peter answered, shutting up his book. "But I think he has walked a little slower than he used, these few last evenings, mother."

They were very quiet again. At last she said, and in a steady, cheerful voice, that only faltered once:

"I have known him walk with—I have known him walk with Tiny Tim upon his shoulder, very fast indeed."

"And so have I," cried Peter. "Often."

"And so have I," exclaimed another. So had all.

"But he was very light to carry," she resumed, intent upon her work, "and his father loved him so, that it was no trouble: no trouble. And there is your father at the door!"

She hurried out to meet him; and little Bob in his comforter—he had need of it, poor fellow—came in. His tea was ready for him on the hob, and they all tried who should help him to it most. Then the two young Cratchits got upon his knees and laid, each child a little cheek, against his face, as if they said, "Don't mind it, father. Don't be grieved!"

Bob was very cheerful with them, and spoke pleasantly to all the family. He looked at the work upon the table, and praised the industry and speed of Mrs. Cratchit and the girls. They would be done long before Sunday, he said.

"Sunday! You went to-day, then, Robert?" said his wife.

"Yes, my dear," returned Bob. "I wish you could have gone. It would have done you good to see how green a place it is. But you'll see it often. I promised him that I would walk there on a Sunday. My little, little child!" cried Bob. "My little child!"

He broke down all at once. He couldn't help it. If he could have helped it, he and his child would have been farther apart perhaps than they were.

Tranquilos. Muy tranquilos. Los ruidosos Cratchit pequeños se hallaban en un rincón, quietos como estatuas, sentados y con la mirada fija en Pedro, que tenía un libro abierto delante de él. La madre y sus hijas se ocupaban en coser. Toda la familia estaba muy tranquila.

"Y tomó a un niño y le puso en medio de ellos." ¿Dónde había oído Scrooge aquellas palabras? No las había soñado. El niño debía de haberlas leído en voz alta cuando él y el Espíritu cruzaban el umbral. ¿Por qué no seguía la lectura?

La madre dejó su labor sobre la mesa y se cubrió la cara con las manos.

-El color de esta tela me hace daño en los ojos ---dijo.

¿El color? ¡Ah, pobre Tíny Tim!

-Ahora están mejor --dijo la mujer de Cratchit-. La luz artificial les perjudica, y por nada del mundo quisiera que cuando venga vuestro padre vea que tengo los ojos malos. Ya no debe tardar, a la hora que es.

-Ya ha pasado la hora ---contestó Pedro cerrando el libro-. Pero creo que hace unas cuantas noches anda algo más despacio que de costumbre, madre.

Volvieron a quedar en silencio. Al fin dijo la madre con voz firme y alegre, que una sola vez se debilitó:

-Yo le he visto un día andar de prisa, muy de prisa, con... con Tíny Tím sobre los hombros.

-¡Y yo también? -gritó Pedro-. ¡Muchas veces?

-¿Y yo también? -exclamó otro. y luego, todos.

-Pero Tiny Tim era muy ligero de llevar -continuó la madre volviendo a su labor -y su padre le quería tanto, que no le molestaba, no le molestaba. Pero ya oigo a vuestro padre en la puerta.

Corrió a su encuentro. y el pequeño Bob entró con su bufanda -bien la necesitaba el pobre-. Su té se hallaba preparado junto a la lumbre y todos se precipitaron a servírselo. Entonces los dos Cratchit pequeños saltaron sobre sus rodillas y cada uno de ellos puso su carita en una de las mejillas del padre, como diciendo: "No pienses en ello. padre; no te apenes".

Bob se mostró muy alegre con ellos y tuvo para todos una palabra amable: miró la labor que había sobre la mesa y elogió la destreza y habilidad de la señora Cratchit y las niñas.

-Eso se terminará mucho antes del domingo -dijo.

-¡Domingo! ¿Has ido hoy allá, Roberto? -preguntó su mujer.

-Sí, querida -respondió Bob-. Me hubiera gustado que hubieseis podido venir. Os hubiera agradado ver qué verde está aquel sitio. Pero ya le veréis a menudo. Le he prometido que iré a pasear allí un domingo. ¡Pequeñito, nene mío! -gritó Bob-. ¡Pequeñito mío!

Estalló de pronto. No pudo remediarlo. Para qua pudiera remediarlo, habría sido preciso que no se sintiese tan cerca de su hijo.

He left the room, and went up-stairs into the room above, which was lighted cheerfully, and hung with Christmas. There was a chair set close beside the child, and there were signs of some one having been there, lately. Poor Bob sat down in it, and when he had thought a little and composed himself, he kissed the little face. He was reconciled to what had happened, and went down again quite happy.

They drew about the fire, and talked; the girls and mother working still. Bob told them of the extraordinary kindness of Mr. Scrooge's nephew, whom he had scarcely seen but once, and who, meeting him in the street that day, and seeing that he looked a little—"just a little down you know," said Bob, inquired what had happened to distress him. "On which," said Bob, "for he is the pleasantest-spoken gentleman you ever heard, I told him. 'I am heartily sorry for it, Mr. Cratchit,' he said, 'and heartily sorry for your good wife.' By the bye, how he ever knew that, I don't know."

"Knew what, my dear?"

"Why, that you were a good wife," replied Bob.

"Everybody knows that!" said Peter.

"Very well observed, my boy!" cried Bob. "I hope they do. 'Heartily sorry,' he said, 'for your good wife. If I can be of service to you in any way,' he said, giving me his card, 'that's where I live. Pray come to me.' Now, it wasn't," cried Bob, "for the sake of anything he might be able to do for us, so much as for his kind way, that this was quite delightful. It really seemed as if he had known our Tiny Tim, and felt with us."

"I'm sure he's a good soul!" said Mrs. Cratchit.

"You would be surer of it, my dear," returned Bob, "if you saw and spoke to him. I shouldn't be at all surprised—mark what I say!—if he got Peter a better situation."

"Only hear that, Peter," said Mrs. Cratchit.

"And then," cried one of the girls, "Peter will be keeping company with some one, and setting up for himself."

"Get along with you!" retorted Peter, grinning.

"It's just as likely as not," said Bob, "one of these days; though there's plenty of time for that, my dear. But however and whenever we part from one another, I am sure we shall none of us forget poor Tiny Tim—shall we—or this first parting that there was among us?"

"Never, father!" cried they all.

"And I know," said Bob, "I know, my dears, that when we recollect how patient and how mild he was; although he was a little, little child; we shall not quarrel easily among ourselves, and forget poor Tiny Tim in doing it."

"No, never, father!" they all cried again.

Dejó la habitación y subió a la del piso de arriba, profusamente iluminada y adornada como en Navidad. Había una silla colocada junto a la cama del niño y se veían indicios de que alguien la había ocupado recientemente. El pobre Bob sentóse en. ella y, cuando se repuso algo y se tranquilizó, besó aquella carita. Sintióse resignado por lo sucedido y bajó de nuevo completamente feliz.

La familia rodeó la lumbre y empezó a charlar: las muchachas y la madre siguieron su labor. Bob les contó la extraordinaria benevolencia del sobrino de Scrooge, a quien apenas había visto una vez. y que al encontrarle aquel día en la calle, y viéndole un poco... "un poco abatido, ¿sabéis?", dijo Bob, se enteró de lo que le había sucedido para estar tan triste.

-En vista de lo cual --continuó Bob-, ya que es el caballero más afable que se puede encontrar, se lo conté. "Estoy sinceramente apenado por lo que me contáis, señor. Cratchit", dijo, "por vos y por vuestra excelente mujer". Y a propósito, no sé cómo ha podido saber eso.

-¿Saber qué?

-Que eras una excelente mujer -contestó Bob. -Eso lo sabe todo el mundo -dijo Pedro. -¡Muy bien dicho, hijo mío! -exclamó Bob-. Espero que todo el mundo lo sepa. "Sinceramente apenado", dijo, "por vuestra excelente mujer. Sí puedo serviros en algo", continuó, dándome su tarjeta, "éste es mi domicilio. Os ruego que vayáis a verme." Bueno, pues, me ha encantado --exclamó Bob-, no por lo que está dispuesto a hacer en nuestro favor, sino por su benevolencia. Parecía que en realidad había conocido a nuestro Tiny Tim y se lamentaba con nosotros.

-Estoy segura de que tiene buen corazón -dijo la señora Cratchit.

-Más segura estarías de ello, querida --contestó Bob-, si le hubieras visto y le hubieras hablado. No, no me sorprendería nada, fíjate en lo que digo, que proporcionase a Pedro un empleo mejor.

-Oye esto, Pedro --dijo la señora Cratchit,

-¡Y entonces -gritó una de las muchachas- Pedro buscará compañía y se establecerá por su cuenta!

-¡Vete a paseo! -replicó Pedro haciendo una mueca.

-Eso puede ser y puede no ser --dijo Bob-, aunque hay mucho tiempo por delante, hijo mío. Pero, de cualquier modo y en cualquier época que nos separemos unos de otros, tengo la seguridad de que ninguno de nosotros olvidará al pobre Tiny Tim, ¿verdad?, ninguno olvidará esta primera separación.

-¿Nunca! -gritaron todos.

-Y yo sé -dijo Bob-, yo sé, hijos míos, que cuando recordemos cuán paciente y cuán dulce fue, aun siendo pequeño, pequeñito, no armaremos pendencias unos con otros, porque al hacerlo olvidaríamos al pobre Tiny Tim.

-¡No, padre; nunca! -volvieron a gritar todos.

"I am very happy," said little Bob, "I am very happy!"

Mrs. Cratchit kissed him, his daughters kissed him, the two young Cratchits kissed him, and Peter and himself shook hands. Spirit of Tiny Tim, thy childish essence was from God!

"Spectre," said Scrooge, "something informs me that our parting moment is at hand. I know it, but I know not how. Tell me what man that was whom we saw lying dead?"

The Ghost of Christmas Yet To Come conveyed him, as before—though at a different time, he thought: indeed, there seemed no order in these latter visions, save that they were in the Future—into the resorts of business men, but showed him not himself. Indeed, the Spirit did not stay for anything, but went straight on, as to the end just now desired, until besought by Scrooge to tarry for a moment.

"This court," said Scrooge, "through which we hurry now, is where my place of occupation is, and has been for a length of time. I see the house. Let me behold what I shall be, in days to come!"

The Spirit stopped; the hand was pointed elsewhere.

"The house is yonder," Scrooge exclaimed. "Why do you point away?"

The inexorable finger underwent no change.

Scrooge hastened to the window of his office, and looked in. It was an office still, but not his. The furniture was not the same, and the figure in the chair was not himself. The Phantom pointed as before.

He joined it once again, and wondering why and whither he had gone, accompanied it until they reached an iron gate. He paused to look round before entering.

A churchyard. Here, then; the wretched man whose name he had now to learn, lay underneath the ground. It was a worthy place. Walled in by houses; overrun by grass and weeds, the growth of vegetation's death, not life; choked up with too much burying; fat with repleted appetite. A worthy place!

The Spirit stood among the graves, and pointed down to One. He advanced towards it trembling. The Phantom was exactly as it had been, but he dreaded that he saw new meaning in its solemn shape.

"Before I draw nearer to that stone to which you point," said Scrooge, "answer me one question. Are these the shadows of the things that Will be, or are they shadows of things that May be, only?"

Still the Ghost pointed downward to the grave by which it stood.

-Soy muy feliz ---dijo el pequeño Bob-. ¡Soy muy feliz!

La señora Cratchit le besó, sus hijas le besaron, los dos Cratthít pequeños le besaron, y Pedro y él se dieron un apretón de manos. ¡Espíritu de Tiny Tim: tu esencia infantil provenía de Díos!

-Espectro --dijo Scrooge-, algo me dice que la hora de nuestra separación se acerca. Lo sé, pero no sé cómo se verificará. Decidme: ¿quién era aquel hombre que hemos visto yacer en su lecho de muerte?

El Espectro de la Navidad Futura le transportó, como antes -aunque en una época diferente, según pensó: verdaderamente, sus últimas visiones aparecían embrolladas, excepto la seguridad de que pertenecían al porvenir-, a los lugares en que se reunían los hombres de negocios, pero sin mostrarle su otro él. En verdad, el Espíritu no se detuvo para nada, sino que siguió adelante como para alcanzar el objetivo deseado, hasta que Scrooge le suplicó que se detuviera un momento.

-Esta callejuela que atravesamos ahora --dijo Scrooge- es el lugar donde desde hace mucho tiempo yo establecí el centro de mis acupaciones. Veo la casa. Permitidme contemplar lo que será en los días venideros.

El Espíritu se detuvo: su mano señalaba otro sitio.

-¡La casa está allá abajo! --exclamó Scrooge-. ¿Por qué me señaláis hacia otra parte?

El inexorable dedo no experimentó ningún cambio. Scrooge corrió a la ventana de su despacho y miró al interior. Seguía siendo un despacho, pero no el suyo. Los muebles no eran los mismos y la persona sentada en la butaca no era él. El Fantasma señalaba como anteriormente.

Scrooge volvió a unírsele, y sin comprender por qué no estaba él allí ni dónde habría ido, siguió al Espíritu hasta llegar a una verja de hierro. Antes de entrar se detuvo para mirar a su alrededor.

Un cementerio. Bajo la tierra yacían allí los infelices cuyo nombre iba a saber. Era un digno lugar, rodeado de casas, invadido por la hiedra y las plantas silvestres, antes muerte que vida de la vegetación, demasiado lleno de sepulturas, abonado hasta la exageración. ¡Un digno lugar!

El Espíritu, de pie en medio de las tumbas, indicó una. Scrooge avanzó hacia ella temblando. El Fantasma era exactamente como había sido hasta entonces. pero Scrooge tuvo miedo al notar un ligero cambio en su figura solemne.

-Antes de acercarme más a esa piedra que me enseñáis-le dijo-, respondedme a una pregunta: ¿Es todo eso la imagen de lo que será. o solamente la imagen de lo que puede ser?

El Espectro siguió señalando a la tumba junto a la cual se hallaba.

"Men's courses will foreshadow certain ends, to which, if persevered in, they must lead," said Scrooge. "But if the courses be departed from, the ends will change. Say it is thus with what you show me!"

The Spirit was immovable as ever.

Scrooge crept towards it, trembling as he went; and following the finger, read upon the stone of the neglected grave his own name, Ebenezer Scrooge.

"Am I that man who lay upon the bed?" he cried, upon his knees.

The finger pointed from the grave to him, and back again.

"No, Spirit! Oh no, no!"

The finger still was there.

"Spirit!" he cried, tight clutching at its robe, "hear me! I am not the man I was. I will not be the man I must have been but for this intercourse. Why show me this, if I am past all hope!"

For the first time the hand appeared to shake.

"Good Spirit," he pursued, as down upon the ground he fell before it: "Your nature intercedes for me, and pities me. Assure me that I yet may change these shadows you have shown me, by an altered life!"

The kind hand trembled.

"I will honour Christmas in my heart, and try to keep it all the year. I will live in the Past, the Present, and the Future. The Spirits of all Three shall strive within me. I will not shut out the lessons that they teach. Oh, tell me I may sponge away the writing on this stone!"

In his agony, he caught the spectral hand. It sought to free itself, but he was strong in his entreaty, and detained it. The Spirit, stronger yet, repulsed him.

Holding up his hands in a last prayer to have his fate reversed, he saw an alteration in the Phantom's hood and dress. It shrunk, collapsed, and dwindled down into a bedpost.

-Las resoluciones de los hombres simbolizan ciertos objetivos que, si perseveran, pueden alcanzar -dijo Scrooge-; pero si se apartan de ellas, los objetivos cambian. ¿Ocurre lo mismo con las cosas que me mostráis?

El Espíritu continuó inmóvil como siempre. Scrooge se arrastró hacia él, temblando al acercarse. y siguiendo la dirección del dedo, leyó sobre la piedra de la abandonada sepultura su propio nombre: Ebenezer Scrooge.

-¿Soy yo el hombre que yacía sobre el lecho? ---exclamó cayendo de rodillas. El dedo se dirigió de la tumba a él y de él a la tumba.

-¡No, Espíritu! ¡Oh, no, no! El dedo seguía allí.

-¡Espíritu --gritó agarrándose a su vestidura-, escuchadme! Yo no soy ya el hombre que era; no seré ya el hombre que habría sido a no ser por vuestra intervención. ¿Por qué me mostráis todo eso, si he perdido toda esperanza?

Por primera vez la mano pareció moverse. -Buen Espíritu ---continuó, prosternado ante él, con la frente en la tierra-, vos intercederéis por mí y me compadeceréis. Aseguradme que puedo cambiar esas imágenes que me habéis mostrado, cambiando de vida.

La benévola mano tembló.

-Honraré la Navidad en mi corazón y procuraré guardarla todo el año. Viviré en el pasado, en el presente y en el porvenir. Los espíritus de los tres no se apartarán de mí. No olvidaré sus lecciones. ¡Oh, decidme que puedo borrar lo escrito en esa piedra!

En su angustia asió la mano espectral, que intentó desasirse. pero su petición le daba fuerza, y la retuvo. El Espíritu, más fuerte aún. le rechazó.

Juntando las manos en una última súplica a fin de que cambiase su destino, Scrooge advirtió una alteración en la túnica con capucha del Fantasma, que se contrajo. se derrumbó y quedó convertido en una columna de cama.

## Stave 5

### THE END OF IT

## Capítulo 5

### CONCLUSIÓN

Yes! and the bedpost was his own. The bed was his own, the room was his own. Best and happiest of all, the Time before him was his own, to make amends in!

"I will live in the Past, the Present, and the Future!" Scrooge repeated, as he scrambled out of bed. "The Spirits of all Three shall strive within me. Oh Jacob Marley! Heaven, and the Christmas Time be praised for this! I say it on my knees, old Jacob; on my knees!"

He was so fluttered and so glowing with his good intentions, that his broken voice would scarcely answer to his call. He had been sobbing violently in his conflict with the Spirit, and his face was wet with tears.

"They are not torn down," cried Scrooge, folding one of his bed-curtains in his arms, "they are not torn down, rings and all. They are here—I am here—the shadows of the things that would have been, may be dispelled. They will be. I know they will!"

His hands were busy with his garments all this time; turning them inside out, putting them on upside down, tearing them, mislaying them, making them parties to every kind of extravagance.

"I don't know what to do!" cried Scrooge, laughing and crying in the same breath; and making a perfect Laocoön of himself with his stockings. "I am as light as a feather, I am as happy as an angel, I am as merry as a schoolboy. I am as giddy as a drunken man. A merry Christmas to everybody! A happy New Year to all the world. Hallo here! Whoop! Hallo!"

He had frisked into the sitting-room, and was now standing there: perfectly winded.

"There's the saucepan that the gruel was in!" cried Scrooge, starting off again, and going round the fireplace. "There's the door, by which the Ghost of Jacob Marley entered! There's the corner where the Ghost of Christmas Present, sat! There's the window where I saw the wandering Spirits! It's all right, it's all true, it all happened. Ha ha ha!"

Really, for a man who had been out of practice for so many years, it was a splendid laugh, a most illustrious laugh. The father of a long, long line of brilliant laughs!

"I don't know what day of the month it is!" said Scrooge. "I don't know how long I've been among the Spirits. I don't know anything. I'm quite a baby. Never mind. I don't care. I'd rather be a baby. Hallo! Whoop! Hallo here!"

He was checked in his transports by the churches ringing out the lustiest peals he had ever heard. Clash, clang, hammer; ding, dong, bell. Bell, dong, ding; hammer, clang, clash! Oh, glorious, glorious!

Running to the window, he opened it, and put out his head. No fog, no mist; clear, bright, jovial, stirring, cold; cold, piping for the blood to dance to; Golden sunlight; Heavenly sky; sweet fresh air; merry bells. Oh, glorious! Glorious!

¡Sí! Y la columna de cama era suya: La cama era la suya, el cuarto era el suyo. y, lo mejor y más venturoso de todo, ¡el tiempo venidero era suyo, para poder enmendarse!

-Viviré en el pasado, en el presente y en el porvenir -repitió Scrooge, saltando de la cama-. Los Espíritus de los tres no se apartarán de mí. ¡Oh, Jacob Marley! ¡Benditos sean el cielo y la fiesta de Navidad: ¡Lo digo de rodillas, Jacob, de rodillas!

Se encontraba tan animado y tan encendido por buenas intenciones, que su voz desfallecida apenas respondía al llamamiento de su espíritu. Había sollozado con violencia en su lucha con el Espíritu y su cara estaba mojada de lágrimas.

-¡No se las han llevado -exclamó Scrooge, estrechando en sus brazos una de las cortinas de la alcoba-, no se las han llevado, ni tampoco las anillas! Están aquí. Yo estoy aquí. Las imágenes de las cosas que podían haber ocurrido pueden desvanecerse. Y se desvanecerán, lo sé.

Sus manos se ocupaban continuamente en palpar sus vestidos; los volvía del revés, ponía lo de arriba abajo y lo de abajo arriba, los desgarraba, los dejaba caer, haciéndoles cómplices de toda clase de extravagancias.

-¡No sé lo que hago!-exclamó Scrooge riendo y llorando a la vez y haciendo de sí mismo con sus medías una copia perfecta de Laocoonte-. Estoy ligero como una pluma, dichoso como un ángel, alegre como un escolar, aturdido como un borracho. ¡Felices Pascuas a todos! ¡Felíz Año Nuevo a todo el mundo! ¡Hurra! ¡Viva!

Había ido a la sala dando brincos, y allí estaba entonces sin aliento.

-¡Aquí está la cacerola con el cocimiento! --gritó Scrooge entusiasmándose de nuevo y danzando alrededor de la chimenea-. ¡Esa es la puerta por donde entró el Espectro de Jacob Marley! ¡Ese es el rincón donde se sentó el Espectro de la Navidad Presente! Esa es la ventana por donde vi los Espíritus errantes! ¡Todo está en su sitio, todo es verdad, todo ha sucedido! ¡Ja, ja, ja!

Realmente, para un hombre que no la había practicado por espacio de muchos años, era una risa espléndida, la risa más magnífica. el padre de una larga, larga progenie de risas brillantes.

-No sé a cuánto estamos -dijo Scrooge--. No sé cuánto tiempo he estado entre los Espíritus. No sé nada. Soy como un niño. No me importa. Me es igual. Quisiera ser un niño. ¡Hurra! ¡Viva!

Le interrumpieron sus transportes de alegría las campanas de las iglesias, con los más sonoros repiques que oyó jamás. ¡Tín, tan! ¡Tin, tan! ¡Tin, tan! ¡Oh, magnífico, magnífico!

Corriendo a la ventana, la abrió y asomó la cabeza. Nada de bruma, nada de niebla; un frío claro, luminoso, jovial; un frío que al soplar hace bailar la sangre en las venas; un sol de oro, un cielo divino; un aire fresco y suave, campanas alegres. ¡Oh, magnifico, magnífico!

"What's to-day!" cried Scrooge, calling downward to a boy in Sunday clothes, who perhaps had loitered in to look about him.

"Eh?" returned the boy, with all his might of wonder.

"What's to-day, my fine fellow?" said Scrooge.

"To-day!" replied the boy. "Why, Christmas Day."

"It's Christmas Day!" said Scrooge to himself. "I haven't missed it. The Spirits have done it all in one night. They can do anything they like. Of course they can. Of course they can. Hallo, my fine fellow!"

"Hallo!" returned the boy.

"Do you know the Poulterer's, in the next street but one, at the corner?" Scrooge inquired.

"I should hope I did," replied the lad.

"An intelligent boy!" said Scrooge. "A remarkable boy! Do you know whether they've sold the prize Turkey that was hanging up there?—Not the little prize Turkey: the big one?"

"What, the one as big as me?" returned the boy.

"What a delightful boy!" said Scrooge. "It's a pleasure to talk to him. Yes, my buck!"

"It's hanging there now," replied the boy.

"Is it?" said Scrooge. "Go and buy it."

"Walk-er!" exclaimed the boy.

"No, no," said Scrooge, "I am in earnest. Go and buy it, and tell 'em to bring it here, that I may give them the direction where to take it. Come back with the man, and I'll give you a shilling. Come back with him in less than five minutes and I'll give you half-a-crown!"

The boy was off like a shot. He must have had a steady hand at a trigger who could have got a shot off half so fast.

"I'll send it to Bob Cratchit's!" whispered Scrooge, rubbing his hands, and splitting with a laugh. "He sha'n't know who sends it. It's twice the size of Tiny Tim. Joe Miller never made such a joke as sending it to Bob's will be!"

The hand in which he wrote the address was not a steady one, but write it he did, somehow, and went down-stairs to open the street door, ready for the coming of the poulterer's man. As he stood there, waiting his arrival, the knocker caught his eye.

-¿Qué día es hoy? --gritó Scrooge, dirigiéndose a un muchacho endomingado, que quizá se había detenido para mirarle.
-¿Eh? -replicó el muchacho lleno de admiración.
-¿Qué día es hoy, hermoso? -dijo Scrooge.
-¿Hoy! -repuso el muchacho-. ¡Toma, pues, el día de Navidad!
-¡El día de Navidad! -se dijo Scrooge-. ¡No ha pasado todavía! Los Espíritus lo han hecho todo en una noche. Pueden hacer todo lo que quieren. Pueden, no hay duda. Pueden, no hay duda. ¡Hola, hermoso!
-¡Hola! -contestó el muchacho.
-¿Sabes dónde está la pollería, en la esquina de la segunda calle? -inquirió Scrooge.
-¡Claro que sí!
-¡Eres un muchacho listo! -dijo Scrooge--. ¡Un muchacho notable! sabes sí han vendido el hermoso pavo que tenían colgado ayer? No el pequeño, el grande.
-¿Cuál? ¿Uno que era tan gordo como yo? -replicó el muchacho.
-¡Qué chico tan delicioso? -dijo Scrooge-. Da gusto hablar contigo. ¿Sí, hermoso?
-Todavía está colgado -repuso el muchacho .
-¿Sí? -dijo Scrooge-. Ve a comprarlo.
-¡Qué bromista! -exclamó el muchacho.
-No, no -dijo Scrooge-. Hablo en serio. Ve a comprarlo y di que lo traigan aquí, que yo les diré dónde tienen que llevarlo. Vuelve con el mozo y te daré un chelín. Si vienes con él antes de cinco minutos, te daré media corona.

El muchacho salió como una bala. Habría necesitado una mano muy firme en el gatillo el que pudiera lanzar una bala con la mitad de la velocidad.

-Voy a enviárselo a Bob Cratchit -murmuró Scrooge. frotándose las manos y soltando la risa. No sabrá quién se lo envía. Tiene dos veces el cuerpo de Tiny Tim. ¡Joe Miller no ha gastado nunca una broma como ésta de enviar el pavo a Bob!

Al escribir las señas no estaba muy firme la mano; pero, de cualquier modo, las escribió Scrooge y bajó la escalera para abrir la puerta de la calle en cuanto llegase el mozo de la pollería. Hallándose allí aguardando su llegada, el llamador atrajo su mirada.

"I shall love it, as long as I live!" cried Scrooge, patting it with his hand. "I scarcely ever looked at it before. What an honest expression it has in its face! It's a wonderful knocker!—Here's the Turkey! Hallo! Whoop! How are you! Merry Christmas!"

It was a Turkey! He never could have stood upon his legs, that bird. He would have snapped 'em short off in a minute, like sticks of sealing-wax.

"Why, it's impossible to carry that to Camden Town," said Scrooge. "You must have a cab."

The chuckle with which he said this, and the chuckle with which he paid for the Turkey, and the chuckle with which he paid for the cab, and the chuckle with which he recompensed the boy, were only to be exceeded by the chuckle with which he sat down breathless in his chair again, and chuckled till he cried.

Shaving was not an easy task, for his hand continued to shake very much; and shaving requires attention, even when you don't dance while you are at it. But if he had cut the end of his nose off, he would have put a piece of sticking-plaister over it, and been quite satisfied.

He dressed himself "all in his best," and at last got out into the streets. The people were by this time pouring forth, as he had seen them with the Ghost of Christmas Present; and walking with his hands behind him, Scrooge regarded every one with a delighted smile. He looked so irresistibly pleasant, in a word, that three or four good-humoured fellows said, "Good morning, sir! A merry Christmas to you!" And Scrooge said often afterwards, that of all the blithe sounds he had ever heard, those were the blithest in his ears.

He had not gone far, when coming on towards him he beheld the portly gentleman, who had walked into his counting-house the day before, and said, "Scrooge and Marley's, I believe?" It sent a pang across his heart to think how this old gentleman would look upon him when they met; but he knew what path lay straight before him, and he took it.

"My dear sir," said Scrooge, quickening his pace, and taking the old gentleman by both his hands. "How do you do? I hope you succeeded yesterday. It was very kind of you. A merry Christmas to you, sir!"

"Mr. Scrooge?"

"Yes," said Scrooge. "That is my name, and I fear it may not be pleasant to you. Allow me to ask your pardon. And will you have the goodness"—here Scrooge whispered in his ear.

"Lord bless me!" cried the gentleman, as if his breath were taken away. "My dear Mr. Scrooge, are you serious?"

"If you please," said Scrooge. "Not a farthing less. A great many back-payments are included in it, I assure you. Will you do me that favour?"

-¡Le amaré toda mi vida! -exclamó Scrooge, acariciándole con la mano-. Apenas le miré antes. ¡Qué honrada expresión tiene en la cara! ¡Es un llamador admirable!... Aquí está el pavo. !Viva! ¿Hola! ¡Cómo estáis? !Felices Pascuas!

¡Era un pavo! Seguramente no había podido aquel volátil sostenerse sobre las patas. Se las habría roto en un minuto como sí fueran barras de lacre.

-¡Qué! No es posible llevarlo a cuestas hasta Camden-Town -dijo Scrooge-. Tenéis que tomar un coche.

La risa con que dijo aquello, y la risa con que pagó el pavo, y la risa con que pagó el coche, y la risa con que dio la propina al muchacho, únicamente fueron sobrepasadas por la risa con que se sentó de nuevo en su butaca, ya sin aliento, y siguió riendo hasta llorar.

No le fue fácil afeitarse, porque su mano seguía muy temblorosa, y el afeitarse requiere tranquilidad, aun cuando no bailéis mientras os entregáis a tal ocupación. Pero si se hubiera cortado la punta de la nariz se habría puesto un trozo de tafetán inglés en la herida y habríase quedado tan satisfecho.

Vistióse con sus mejores ropas y se lanzó a las calles.

La multitud se precipitaba en aquel momento, como la vio yendo con el Espectro de la Navidad Presente, y al marchar con las manos en la espalda, Scrooge miraba a todo el mundo con una sonrisa de placer. Parecía tan irresistiblemente amable, en una palabra, que tres o cuatro muchachos de buen humor dijeron: "¡Buenos días, señor! ¡Felices Pascuas, señor!" Y Scrooge dijo más tarde muchas veces que, de todos los sonidos agradables que oyó en su vida, aquellos fueron los más dulces para sus oídos.

No había andado mucho, cuando vio que se dirigía hacia él el corpulento caballero que había ido a su despacho el día anterior, diciendo: "¿Scrooge y Marley, si no me equivoco?" Un dolor agudo le atravesó el corazón al pensar de qué modo le miraría el anciano caballero cuando se encontraran; pero vio el camino que se presentaba recto ante él, y lo tomó.

-Querido señor -dijo Scrooge, apresurando el paso y tomando al anciano caballero las dos manos-. ¿Cómo estáis? Espero que ayer habrá sido un buen día para vos. Es una acción que os honra: ¡Felices Pascuas, señor!

-¡El señor Scrooge?

-Sí -dijo éste-, tal es mi nombre, y temo que no os sea agradable. Permitid que os pida perdón. ¿Y tendríais la bondad?... (Aquí Scrooge le cuchicheó al oído. )

-¡Bendito sea Dios! -gritó el caballero, como si le faltara el aliento-. Querido señor Scrooge, ¿habláis en serio?

-Sí no lo tomáis a mal ---dijo Scrooge-. Nada menos que eso. En ello están incluidas muchas deudas atrasadas, os lo aseguro. ¿Me haréis ese favor?

"My dear sir," said the other, shaking hands with him. "I don't know what to say to such munifi—"

"Don't say anything, please," retorted Scrooge. "Come and see me. Will you come and see me?"

"I will!" cried the old gentleman. And it was clear he meant to do it.

"Thank'ee," said Scrooge. "I am much obliged to you. I thank you fifty times. Bless you!"

He went to church, and walked about the streets, and watched the people hurrying to and fro, and patted children on the head, and questioned beggars, and looked down into the kitchens of houses, and up to the windows, and found that everything could yield him pleasure. He had never dreamed that any walk—that anything—could give him so much happiness. In the afternoon he turned his steps towards his nephew's house.

He passed the door a dozen times, before he had the courage to go up and knock. But he made a dash, and did it:

"Is your master at home, my dear?" said Scrooge to the girl. Nice girl! Very.

"Yes, sir."

"Where is he, my love?" said Scrooge.

"He's in the dining-room, sir, along with mistress. I'll show you up-stairs, if you please."

"Thank'ee. He knows me," said Scrooge, with his hand already on the dining-room lock. "I'll go in here, my dear."

He turned it gently, and sidled his face in, round the door. They were looking at the table (which was spread out in great array); for these young housekeepers are always nervous on such points, and like to see that everything is right.

"Fred!" said Scrooge.

Dear heart alive, how his niece by marriage started! Scrooge had forgotten, for the moment, about her sitting in the corner with the footstool, or he wouldn't have done it, on any account.

"Why bless my soul!" cried Fred, "who's that?"

"It's I. Your uncle Scrooge. I have come to dinner. Will you let me in, Fred?"

--Querido señor -dijo el otro, estrechándole las manos-. No sé cómo alabar tal muni...

-Os ruego que no digáis nada -interrumpió Scrooge-. Id a verme. ¿Iréis a verme?

-¡Iré! -exclamó el anciano caballero. Y se veía claramente que pensaba hacerlo.

-Gracias --dijo Scrooge-. Os lo agradezco mucho. Os doy mil gracias. ¡Adiós!

Estuvo en la iglesia, recorrió las calles y contempló a la gente que iba presurosa de un lado a otro, dio a los niños palmaditas en la cabeza, interrogó a los mendigos, miró curiosamente las cocinas de las casas y luego miró hacia las ventanas. y notó que todo le producía placer. Nunca imaginó que un paseo -una cosa insignificante- pudiera hacerle tan feliz. Por la tarde dirigió sus pasos a casa de su sobrino.

Pasó ante la puerta una docena de veces antes de atreverse a subir y llamar a la puerta. Por fin lanzóse y llamó:

-¿Está en casa vuestro amo, querida? -preguntó Scrooge a la muchacha. ¿Guapa chica, en verdad? -Sí, señor.

-¿Dónde está, preciosa? ---dijo Scrooge.

-En el comedor, señor; está con la señora. Haced el favor de subir conmigo.

--Gracias. El señor me conoce -repuso Scrooge, con la mano puesta ya en el picaporte del comedor-. Voy a entrar, hija mía.

Abrió suavemente y metió la cabeza ladeada por la puerta entreabierta. El matrimonio hallábase examinando la mesa (puesta como para una comida de gala), pues los jóvenes amos de casa. siempre se cuidan de tales pormenores y les agrada ver que todo está como es debido.

-¿Fred? -dijo Scrooge.

¿Cielos? ¿Cómo se estremeció su sobrina política. Scrooge olvidó por el momento que la había visto sentada en un rincón, con los pies en el taburete: si no, no se habría atrevido a entrar de ningún modo.

-¡Dios me valga! -gritó Fred~. ¿Quién es? -Soy yo. Tu tío Scrooge. He venido a comer. ¿Me permites entrar, Fred?

Let him in! It is a mercy he didn't shake his arm off. He was at home in five minutes. Nothing could be heartier. His niece looked just the same. So did Topper when he came. So did the plump sister when she came. So did every one when they came. Wonderful party, wonderful games, wonderful unanimity, won-der-ful happiness!

But he was early at the office next morning. Oh, he was early there. If he could only be there first, and catch Bob Cratchit coming late! That was the thing he had set his heart upon.

And he did it; yes, he did! The clock struck nine. No Bob. A quarter past. No Bob. He was full eighteen minutes and a half behind his time. Scrooge sat with his door wide open, that he might see him come into the Tank.

His hat was off, before he opened the door; his comforter too. He was on his stool in a jiffy; driving away with his pen, as if he were trying to overtake nine o'clock.

"Hallo!" growled Scrooge, in his accustomed voice, as near as he could feign it. "What do you mean by coming here at this time of day?"

"I am very sorry, sir," said Bob. "I am behind my time."

"You are?" repeated Scrooge. "Yes. I think you are. Step this way, sir, if you please."

"It's only once a year, sir," pleaded Bob, appearing from the Tank. "It shall not be repeated. I was making rather merry yesterday, sir."

"Now, I'll tell you what, my friend," said Scrooge, "I am not going to stand this sort of thing any longer. And therefore," he continued, leaping from his stool, and giving Bob such a dig in the waistcoat that he staggered back into the Tank again; "and therefore I am about to raise your salary!"

Bob trembled, and got a little nearer to the ruler. He had a momentary idea of knocking Scrooge down with it, holding him, and calling to the people in the court for help and a strait-waistcoat.

"A merry Christmas, Bob!" said Scrooge, with an earnestness that could not be mistaken, as he clapped him on the back. "A merrier Christmas, Bob, my good fellow, than I have given you, for many a year! I'll raise your salary, and endeavour to assist your struggling family, and we will discuss your affairs this very afternoon, over a Christmas bowl of smoking bishop, Bob! Make up the fires, and buy another coal-scuttle before you dot another i, Bob Cratchit!"

-¡Permitirle entrar!

Por poco no le arranca un brazo para introducirle en el comedor. A los cinco minutos se hallaba como en su casa. No era posible más cordialidad. La sobrina imitó a su marido. Y lo mismo hizo Topper cuando llegó. Y lo mismo la hermana regordeta cuando Ilegó. Y lo mismo todos los demás cuando llegaron. ¡Admirable reunión, admirables entretenimientos, admirable unanimidad, ad-mi-ra-ble dicha!

Pero Scrooge acudió temprano a su despacho a la mañana siguiente. ¡Oh, muy temprano! ¡Si él pudiera llegar el primero y sorprender a Cratchít cuando llegara tarde! ¡Aquello era lo único que le preocupaba!

¡Y lo consiguió, vaya sí lo consiguió! El reloj dio las nueve. Bob no llegaba. Las nueve y cuarto. Bob no llegaba. Bob se retrasaba ya dieciocho minutos y medio. Scrooge se sentó, dejando su puerta de par en par, a fin de verle cuando entrase en su mazmorra. Habíase quitado Bob el sombrero antes de abrir la puerta y también la bufanda. En un instante se instaló en su taburete y se puso a escribir rápidamente, como si quisiera lograr que fuesen las nueve de la mañana..

-¿Hola! -gruñó Scrooge, imitando cuanto pudo su voz de antaño-. ¿Qué significa que vengáis a esta hora?

-Lo siento mucho, señor ---dijo Bob-. Ya sé que vengo tarde.

--¡Tarde! -repitió Scrooge-. Sí. Creo que venís tarde. Acercaos un poco, haced el favor.

-Es solamente una vez al año, señor --dijo Bob tímidamente, saliendo de la mazmorra-. Esto no se repetirá. Ayer estuve un poco de broma, señor.

-Pues tengo que deciros, amigo mío --dijo Scrooge-, que no estoy dispuesto a que esto continúe de tal modo. Por consiguiente -añadió, saltando de su taburete y dando a Bob tal empellón en la cintura que le hizo retroceder dando traspiés a su cuchitril-. ¡por consiguiente. voy a aumentaros el sueldo!

Bob tembló y dirigióse adonde estaba la regla, sobre su mesa. Tuvo una momentánea intención de golpear a Scrooge con ella, sujetarle los brazos, pedir auxilio a los que pasaban por la calleja,. para ponerle una camisa de fuerza.

-¡Felices Pascuas, Bob! -dijo Scrooge, con una vehemencia que no admitía duda y abrazándole al mismo tiempo-. Tantas más felices Pascuas os deseo, Bob, querido muchacho, cuanto que he dejado de felicitaros tantos años. Voy a aumentaros el sueldo y a esforzarme por ayudaros a sostener a vuestra familia: y esta misma tarde discutiremos nuestros asuntos ante un tazón de ponche humeante, Bob. ¡Encended las dos lumbres: id a comprar otro cubo para el carbón antes de poner un punto sobre una i, Bob Cratchit!

Scrooge was better than his word. He did it all, and infinitely more; and to Tiny Tim, who did not die, he was a second father.

He became as good a friend, as good a master, and as good a man, as the good old city knew, or any other good old city, town, or borough, in the good old world. Some people laughed to see the alteration in him, but he let them laugh, and little heeded them; for he was wise enough to know that nothing ever happened on this globe, for good, at which some people did not have their fill of laughter in the outset; and knowing that such as these would be blind anyway, he thought it quite as well that they should wrinkle up their eyes in grins, as have the malady in less attractive forms. His own heart laughed: and that was quite enough for him.

He had no further intercourse with Spirits, but lived upon the Total Abstinence Principle, ever afterwards; and it was always said of him, that he knew how to keep Christmas well, if any man alive possessed the knowledge.

May that be truly said of us, and all of us! And so, as Tiny Tim observed, God bless Us, Every One!

Scrooge hizo más de lo que había dicho. Hizo todo e infinitamente más: y respecto de Tíny Tim, que no murió, fue para él un segundo padre. Se hizo tan buen amigo. tan buen maestro y tan buen hombre, como el mejor ciudadano de una ciudad, de una población o de una aldea del bueno y viejo mundo. Algunos se rieron al verle cambiado; pero él les dejó reír y no se preocupó, pues era lo bastante juicioso para saber que nunca sucedió nada bueno en este planeta que no empezara por hacer reír a algunos: y comprendiendo que aquéllos estaban ciegos, pensó que tanto vale que arruguen los ojos a fuerza de reír, como que la enfermedad se manifiesta en forma menos atractiva. Su propio corazón reía, y con eso tenía bastante.

No volvió a tener trato con los aparecidos, pero en adelante tuvo mucho más con los amigos y con la familia, y siempre se dijo que, si algún hombre poseía la sabiduría de celebrar respetuosamente la fiesta de Navidad, ese hombre era Scrooge.

¡Ojalá se diga con verdad lo mismo de nosotros, de todos nosotros! Y también, como hacía notar Tiny Tim, ¡Dios nos bendiga a todos!

## *A Christmas Carol Illustrations*

| Caption | Artist | Page |
|---|---|---|
| The clerk tried to warm himself at the CANDLE | A.C.MICHAEL | 18 |
| Scrooge sat down before the fire to take his GRUEL | A.C.MICHAEL | 19 |
| "I KNOW HIM! Marley's Ghost!" | A.C.MICHAEL | 34 |
| In came a fiddler with a music-book | A.C.MICHAEL | 48 |
| Old Fezziwig stood out to dance with Mrs. FezziwiG | A.C.MICHAEL | 49 |
| Mrs. Cratchit entered with the pudding | A.C.MICHAEL | 66 |
| All the Cratchit family drew round the hearth | A.C.MICHAEL | 86 |
| The way Topper went after that plump sister was an outrage on the credulity of human nature | A.C.MICHAEL | 87 |
| Tiny Tim…His active little crutch was heard upon the floor | A.C.MICHAEL | 110 |
| The last ghost | JOHN LEECH | 122 |
| "Why, what was the matter with him ?" asked a third, taking a vast quantity of snuff out of a very large snuff-box." I thought he'd never die" | A.C.MICHAEL | 123 |
| Here's the turkey. . . . How are you ? Merry Christmas! " | A.C.MICHAEL | 138 |
| "Is your master at home, my dear?" said Scrooge to the girl | A.C.MICHAEL | 144 |
| "And therefore I am about to raise your salary!" | A.C.MICHAEL | 145 |

Printed in Great Britain
by Amazon.co.uk, Ltd.,
Marston Gate.